〖中华诗词存稿·地域专辑〗

中华诗词学会 编

新疆诗词选

（二）

星 汉 主编

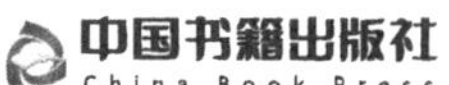

图书在版编目（CIP）数据

新疆诗词选．二 / 星汉主编．-- 北京：中国书籍出版社，2020.8

（中华诗词存稿）

ISBN 978-7-5068-7909-5

Ⅰ．①新… Ⅱ．①星… Ⅲ．①诗词—作品集—中国 Ⅳ．① I22

中国版本图书馆 CIP 数据核字 (2020) 第 145193 号

新疆诗词选·二

星 汉 主编

责任编辑	李国永
责任印制	孙马飞 马 芝
封面设计	采薇阁
出版发行	中国书籍出版社
地 址	北京市丰台区三路居路 97 号（邮编：100073）
电 话	(010) 52257143（总编室）(010) 52257140（发行部）
电子邮箱	eo@chinabp.com.cn
经 销	全国新华书店
印 刷	北京虎彩文化传播有限公司
开 本	710 毫米 ×1000 毫米 1/16
字 数	316 千字
印 张	30
版 次	2020 年 9 月第 1 版 2020 年 9 月第 1 次印刷
书 号	ISBN 978-7-5068-7909-5
定 价	798.00 元（全 2 册）

目　　录

李继隆

1932年生，河南济源人。原任新疆博州广播电视局工程师。博州老年诗书画学会常务理事、新疆诗词学会会员。

澳门回归感怀

紫荆怒放沐骄阳，粤海芙蓉靓丽妆。
耻雪百年挥喜泪，珠还一旦诉衷肠。
霾消雾散云霞灿，雨浸露滋花卉芳。
风展红旗濠镜矗，天南潮涌谱华章。

丙子岁末偶成

拚却前尘是与非，诗书歌舞自相依。
丹匀纸上铺霞影，墨聚毫端点翠微。
舞步轻盈看足捷，琴音曼妙透心扉。
人生忘老童颜伴，洒脱如神兴欲飞。

致友人

塞外相从记忆新，长安一别正秋分。
苍茫尘域音书断，寂寞平居万绪纷。
往事如歌犹听沸，此心似爇合成薰。
蹄涔惭愧非江海，癖向词林植杖耘。

破阵子·军垦老兵

劲旅挥戈瀚海，一犁掀起春潮。治碱固沙荒野绿，林带条田放眼娇。平畴泛麦涛。　征战阳关捷报，戍边屯垦英豪。壮志犹怀情未了，喜见儿孙重担挑。丰碑凌九霄。

满江红·丝路遐思

西出阳关，回头望，长安远别。先驱者，龙沙寻梦，几番跋涉。嘉峪驼铃迎晓日，玉门羌笛惊边月。云天外，走石杂黄沙，荒原越。　丝路杳，驼阵绝；冰雪泮，阳光热。望银花稻浪，荒原空阔。舞妙龟兹民汉结，油喷吐哈华夷悦。兴西部，瀚海展雄姿，夸豪杰。

李舒萍

1931 年生，山西临汾人。曾任新疆维吾尔自治区人民政府调研室负责人、中共新疆维吾尔自治区区党委副秘书长兼政策研究室主任。

游高昌古城

火焰山前春草深，千秋佳话忆唐僧。
麴王留佛空遗址，万国衣冠仰古城。

过轮台

杏花时节过轮台，乌垒城边绿似堆。
自古楼兰连四海，宾朋商贾八方来。

李新平

1959年生，甘肃武威人，新疆西单商场人事行政部经理。新疆诗词学会会员、乌鲁木齐诗联家协会理事。

帕米尔鹰[1]

云霄搏击冠群英，笑傲苍天气自生。
断骨锥心翎更健，饥肠绝命志尤精。
不图浪漫花中戏，偏向崎岖壁上行。
每忆飞崖慷慨死，男儿怎不奋长缨。

【注】

① 帕米尔鹰寿约70年。据传幼时其母断其翅骨，从高处推下，迫其飞翔；使饥以砺其志。生命将终时，触悬崖而死。

水调歌头·中秋

明月长空挂，含笑洒清辉。嫦娥俯首凝望，似在盼人归。更有吴刚桂酒，浸满深情厚意，香润沁心扉。尘世中秋至，万里梦魂飞。　　望苍穹，赏月色，叹轮回。征途漫漫，风雪雷雨总相随。肩负家国事业，心系亲朋至爱，思聚却常违。玉兔知吾意，殷切报安危。

八声甘州·汶川灾后重建感怀

对川西大地沐朝阳，杨柳舞霓裳。望诗仙故里，北川新郭，沉醉霞光。羌笛声声唤我，咂酒又飘香。谁想莺飞地，曾历殇亡。　难忘前年今日，叹天倾地陷，满目痍疮。赖情深似海，十亿赤心彰。看旌旗漫山招展，更鼓鼙遍野正铿锵。惊寰宇，恰春风劲，涅槃凤凰。

念奴娇·得洛阳书画院魏驰卓先生画集有寄

倚大神笔，落毫处、无尽春光秋色。大漠胡杨，昂首立、坚守千年静默。魏紫姚黄，千姿百态，艳丽倾城国。图如仙境，任凭摇撼心魄。　游遍华夏山河，探人生妙谛，研磨馨德。万丈豪情，鹏翼展、纯美天堂求索。艺苑神游，将人间美景，聚之笺墨。何时重会，再描天山松柏。

水龙吟·读《天山东望集》、《清代西域诗研究》寄星汉学兄

校园三月相逢，豪情激荡春风舞。扬帆学海，采英诗苑，峥嵘初露。毕业经年，教坛骁将，吟坛翘楚。念同窗情义，天高海远，功名就，心如故。　　情洒新疆热土，恋园丁，李桃无数。晓岚风采，则徐神韵，集成新著。词越天山，气冲霄汉，稼轩知否？唤东坡李白，重游华夏，把风流数。

八声甘州·庚寅春日寄儿

望天山日月似穿梭，转瞬廿年过。忆蹒跚学步，咿呀学句，笑语欢歌。年少山东捧奖，中考榜名罗。壮志奔南国，学海扬波。　　毕竟征途坎坷，想寒光宝剑，须尽研磨。叹人生短促，朝露去何多。羡苍鹰、翱翔云海，待归来、不枉美山河。天催汝、挽青春手，岂敢蹉跎。

沁园春·庚寅春游天安门广场

梦绕魂牵，千里来寻，赤县圣标。看城楼壮阔，雄居广场：国旗艳丽，直插云霄。日月弯躬，黎民仰目，高耸丰碑颂烈豪。中南海，正风生水起，浩浩春潮。　　回眸历史波涛，怅疆土瓜分战火烧。忆滥觞五四，惊雷滚滚；新元十一，热浪滔滔。改革春风，小康凯歌，百载欺凌天外抛。诚幸矣，恰神龙昂首，重领风骚。

雨霖铃·深秋忆春生兄弟

萧萧寒叶，对天山月，执手曾别。嘉陵热血年少，从军朔漠，昆仑如铁。赤手回归故土，浮萍雪霜冽。剪不断、兄弟情深，浪迹天涯念尤切。　　茫茫苦海孤舟越，岂心甘、河汉流星灭。边城万户灯火，昂首立、保安行列。三晋煤都，无奈、躬身井底挖掘。渐料峭、凄紧秋风，遥问衣可缺？

李静轩

河北深泽人。曾任新疆维吾尔自治区党校校长、自治区政协副主席。新疆诗词学会名誉会长。

松树头达坂

突兀奇峰展壮观，轻车绕道上云端。
晨炊袅袅聚还散，夜雨绵绵积未干。
幽草丛中嘶骏马，密林深处响飞湍。
回想昔日征顽敌，疾越太行十八盘。

李睿先

1931-2001 年，四川中江人。新疆生产建设兵团原退休干部。新疆诗词学会会员。

种 子

土厚根基固，身高望远光。
春风吹叶绿，秋雨落花黄。
岁熟千家幸，功成可代香。
冬眠浑似醉，一觉两茫茫。

松 柏

苍松劲柏郁葱葱，老干披鳞欲化龙。
一旦风雷声乍起，奋腾呼啸上苍穹。

山 景

飞来峰堕老夫家，叠嶂重岩石径斜。
莫道个中天地小，琼楼玉宇漫山花。

浣溪沙·春

日丽风和鸢影斜，小雏壳破闹叽喳。谁家鸡蛋炒椿芽？

畏冷老翁穿厚袄，迎春少女着轻纱。庭园悄落泡桐花。

水调歌头·感怀

孤雁逐群远，振翅上天山。匆匆四顾挥手，珍重约他年。达坂吹沙百里，吐鄯牛羊万点，豪气御风寒。塞外齐江左，皓首换朱颜。　　抚华发，思往事，夜无眠。何如暂醉，幽情且向梦中圆。骏马长嘶原野，老驽哀鸣槽枥，岁月岂回还？莫问勤耕种，旭日照东边。

杨 威

1939 年生，四川达县人。新疆石河子昆仑棉纺厂工会原副主席，政工师。新疆诗词学会、兵团诗联家协会会员。

读《石大诗词》感赋

泱泱诗国涌春潮，校苑吟哦入碧霄。
健笔轻盈描锦绣，举旗结社振风骚。

秋游南山

三峰叠影雪光寒，幽谷深深含翠烟。
牧野菊香浓似酒，银河飞瀑泻长川。

军垦第一连

是谁屯垦着先鞭，筚路开基第一连。
汗洒荒滩滋沃土，金波银浪拍天山。

游石河子北湖

并非高峡出平湖，瀚海苍茫展画图。
雨霁云霞鱼醒梦，龙舟仙鹤景昭苏。
千丝柳钓天山雪，十里荷擎戈壁珠。
芳榭兰台双镜里，水天一色淡烟孤。

参观新疆生产建设兵团军垦博物馆

带剑扶犁辟绿洲，果将夙梦变琼楼。
戍边屯垦漠风紧，睹物思人热泪流。
旷世艰辛陈一馆，惊天伟业炳千秋。
喜看后浪推前浪，不悔青春雪白头。

游石河子北湖

双庆良辰胜境游，雪山倒影荡轻舟。
浴凫飞鹭嬉银浪，枫叶芦花醉晚秋。
古画长廊生百感，飞龙高阁散千愁。
北湖更比西湖美，塞外水乡楼外楼。

登惠远钟鼓楼

我来惠远识高楼，异彩流丹古色幽。
昔日烽烟酿奇耻，今朝屯垦固金瓯。
雕梁画栋添豪气，斗拱飞檐展壮猷。
游客未闻钟鼓响，金风飒飒醉芳洲。

五彩城奇观

雅丹地貌久相闻，独领风骚盖世珍。
气贯长虹思客梦，情倾古堡故园心。
朦胧月色浮仙气，灿烂霞光净俗身。
传说张骞从此过，喜看五彩马蹄痕。
五彩奇城醉客心，将军戈壁古湖盆。
黄羊野兔多新雨，柽柳胡杨少旧尘。
硅木高擎红玛瑙，恐龙亲吻玉麒麟。
采油树下狼为伴，万物和谐日月新。

杨　渭

1938年生，山东乐陵人。吐鲁番地区发改委区划办原主任，现为吐鲁番地区诗词协会副主席，出版《葡萄绿韵·岁月当歌》。

年老述怀

少年壮志赴天山，引水开渠辟沃田。
美酒葡萄神圣地，老来不愧玉门关。

三月三赏杏花

万树千枝映彩霞，小桥流水傍人家。
当年老友开荒处，火焰山沟赏杏花。

杨天材

1920-2003 年，福建蒲田人。曾任新疆生产建设兵团农二师廿一团连长，1980 年退休。新疆诗词学会和黄埔同学会会员，著有《对韵合璧》正续篇。

博斯腾湖创业歌

一九六〇年，腊月上旬七。
苍穹斗玉龙，鳞飞和泪泣。
其细梨花飘，其大燕山席。
凛冽朔风吹，顷刻厚逾尺。
山野似银装，乾坤如粉饰。
走兽失同群，飞禽敛双翼。
举目白茫茫，路绝人踪迹。
职工居地窝，衣被堆沙粒。
就地用干苇，曲卷成顶壁。
朝南留个门，内外泥严实。
安置铁煤炉，何愁风雪急。
党委下基层，动员争朝夕。
健儿奋报名，巾帼尤积极。
雪后风更寒，吹面如刀戟。
瀚海汽车驰，黄昏抵目的。
傍湖扎苇篷，哪管地低湿。
举头可见天，霜雪掩被席。
被角结成冰，睡眠缩腰膝。
曙色未曾开，传来起床笛。

推枕急穿衣，一股严寒逼。
篝火伴朝餐，无语喉中噎。
手挟大弯镰，豪雄怀激烈。
呵气吐云烟，须发凝霜白。
脸紫耳绯红，唯有瞳珠黑。
争先进冰湖，湖天同一色。
人在镜中行，晶莹闪光泽。
远近冰崩声，恍似悬崖裂。
又如交战兵，生死拼刀铁。
初闻胆小人，惊悸丢魂魄。
前者步昂扬，落入寒冰窟。
后者伸手援，水没腰椎骨。
齐抛束车绳，女娃几欲哭。
二人出冰层，浑身冻麻木。
燃火以驱寒，湿衣冰水滴。
同志情何深，解衣心何急。
遥望湖中央，好苇如林密。
任务重如山，岂可贪休息。
纵体减三斤，此时何足惜。
苇茬利如刀，穿履流红液。
忽而晴变阴，雨雪侵衣湿。
困难千万重，藐视同芦荻。
红旗猎猎飘，望旗催劲足。
刀光影闪烁，喘气声急促。
喇叭播音高，侧耳听记录。
领先志不骄，落后心不服。
湖面风萧萧，脸上汗珠落。

大小车穿梭，人马互追逐。
人笑马嘶嘶，车行轮辘辘。
双手握辕杆，身腰向前伏。
举步稳脚尖，凝神注双目。
路滑斜坡多，人车防倒覆。
重任在双肩，那顾劳筋骨。
带有细粮囊，心甘饥肚腹。
堆积苇场中，排排如岭谷。
汽马车兼程，日夜运输速。
老少齐动工，户户迁新屋。
书画挂厅堂，宽敞如楼阁。
炉火暖融融，草窑春意足。

庐山观瀑

蒙蒙细雨锁山巅，瀑布源头近日边。
疑是广寒泻脂水，飞珠声震九重天。

陋室吟

几间陋室傍山偎，草色青青入槛来。
日丽鸟声传翠柳，风清月影映苍苔。
回归紫燕呢喃语，新植红桃自在开。
地僻心宽尘不染，陶然每醉菊花杯。

步 韵

半掩柴扉竹径行，任他世事海桑更。
远山风送青松韵，近浦竿垂绿水情。
鹦鹉栖笼频学语，鸡豚得食竞相争。
莫嫌室外无车马，绝胜繁华百里城。

杨竹夫

四川人。乌鲁木齐市第二中学语文教师，退休后回原籍定居。

赞阿曼尼莎汗

阿曼琴声满塞秋，莎车王喜绣帘收。
莺啼燕语人如醉，十二曲成弦上留。

【注】
① 十二曲，指维吾尔族民间音乐瑰宝十二木卡姆。

西公园观芍药

牡丹自是百花王，芍药岂输一点香。
堪笑文坛分主婢，不期艺苑化疆场。
时人有意移西土，天后无情贬洛阳。
最使张生摇曳处，莺莺不爱爱红娘。

重九节有怀

乱卷寒飙压晚秋，和平渠满水长流。
孟嘉有幸风吹帽，从此尊颅庆自由[①]。

【注】

① 作者原注。

是日陪友人参观西公园画展，适狂风吹落余帽于和平渠中不可得。当时恰有知识分子摘掉资产阶级帽子之传说，因戏成此章。

一剪梅・一九七九年秋，乌鲁木齐竟有夜市矣

夜入广场诗兴稠。挤出人流，挤进人流。红旗一片满中秋，月上云浮，花上灯浮。　　破浪乘风壮志酬。田种珍珠，海产原油。长征人喜更登楼，远望神州，近望神州。

破阵子・一九八〇年余妻来新疆度第一次春节

遥望银棉满地，春风迟到边疆。雪压昆仑忆往事，笑对青毡恶浪狂。辛勤说断肠！　　佳节今偕旧侣，醉眠莫笑荒唐。须待囊锥脱颖日，喜听歌声正激昂。无心返故乡。

杨法震

1941年生，河南沈丘人。曾在新疆石河子从事教育工作多年，现为河南平顶山师专美术系副教授。中华诗词学会、新疆诗词学会会员。

霍尔果斯

极目国门外，骄阳正北疆。
一桥分两界，寸土浴华光。

赛里木湖

一水染天地，遥岑浮玉冠。
无风叠千翠，渺渺碛魂寒。

北湖泛舟

月窟寻残梦，如闻桂子香。
兰舟烟水阔，红鲤钓丝长。
客爱清凉夜，歌吟窈窕章。
纷纷黄叶下，醉卧白云乡。

克孜尔

禅境知何处，龟兹望眼赊。
柳红环绿水，岭峻立平沙。
露滑莓苔径，霞披佛壁花。
导游话今昔，俯仰共兴嗟。

车过十三陵

黄叶乱秋声，关山列画屏。
闯王门跃马，神道土生荆。
淡淡朱明史，悠悠旅客情。
一泓悬日月，松柏共峥嵘。

红　柳

千里黄云万里沙，驼铃断续入天涯。
忽逢碛上西河柳，疑是瑶台翡翠花。

君山游

洞庭八百一孤洲，水府明珠日夜浮。
柳毅书传玉井白，湘妃泪洒碧山秋。
天风忽起来松籁，云阁遥闻落涧湫。
七十二峰看未尽，挟波又向岳阳楼。

赴阿勒泰途中

六月边庭碛上行，雪峰如剑冻云生。
沙惊风吼魔城险，鱼跃龙潜福海平。
扑面崔嵬岑岭暗，映眸灿烂砾金明。
车经白桦林中路，玉佩红裳歌正清。

峡江行

江轮破浪大江开，崖壁苍苍四面来。
卅六芙蓉天地绘，百千画卷鬼神裁。
忽宽忽窄峡中水，乍雨乍晴峰顶雷。
青石连宵愁梦短，诗情飞上楚阳台。

八声甘州·丝路抒情

对汉唐古道叹沧桑，千里暮云平。念金乌流火，狂风陡起，瀚海沙惊。叠嶂苍崖匝地，寒月破云生。荒碛梭蓬少，断续驼铃。　车转而今西上，正杏黄季节，苇绿蒲青。喜博湖鱼满，鸥逐野凫鸣。铸铁关，襟山带水，锁天河，梨苑坠明星。昆仑圃，玉龙跨去，何计归程。

杨俊雄

1930—2004 年，湖南汨罗人。1961 年从部队转业进新疆后，在石河子市从事基本建设工作。中华诗词学会、新疆诗词学会、兵团诗联家协会会员。

军垦第一楼

军垦第一楼，周环轻捷路。
天山耸峙南，极目葳蕤处。
小憩广场中，斑斓花满圃。
卅载费经营，垦戍茹辛苦。
荒原点绿洲，九州传美誉。
星罗农牧场，厂矿棋枰布。
广泽泛银鳞，田畴皆沃土。
岁月演文明，桃李盈学府。
弟兄团结彰，鱼水亲情谱。
浩瀚仰昆仑，鸿鹄飞且舞。

思故乡

青枝萦一梦，雁塔立高岑。
花影风流逝，芸轩照日吟。

忆母校开物中学

天工开物世同宗，固本宏基首重农。
僻壤穷乡庠序建，捐资慷慨海鲲公。

垦荒杂忆

沙荒戈壁杂梭藜，曲径寻幽辗转迷。
飞鸟可曾穿瀚海，驼铃几处越冰蹊。
韶华荏苒风流减，磴道迢遥草木萋。
万籁无声星伴月，相思两地忆泉溪。

巴郎策马

巴郎策马纵天山，日耀云开树影斑。
涧水鸣琴吟细曲，牛羊撒野逐清湾。
名缰有功常为辔，利锁无形易套环。
大漠惊风当拭目，神留牧道识弯弯。

共筑糖山

九月秋深转嫩寒，晴空画彩壮波澜。
甜根硕硕车车疾，净料丝丝渐渐残。
天地有情酬美果，工农不倦筑糖山。
年年共奏丰收曲，唱彻边疆万里欢。

军垦第一犁铜像赞

细柳营前耸雪松，犁铧铜像立当中。
屯田跃跃开新史，滴汗涔涔汇首功。
纵目南天浮百骏，扎根北国聚群雄。
衔泥燕子穿芳苑，剪尾难寻旧日踪。

陌上花·巴楚垦区恋

披荆斩棘，造田植垦，泽河东岸。卧雪餐风，凛冽寒霜割面。风摧柽柳沙包裂，苦渴泪杨犹悍。问苍茫大漠，几多萧索，几朝光灿？　　念江山万里，戍边屯垦，伟业崇高堪赞。美画宏图，放眼桑田巨变。风风雨雨春秋夏，阡陌纵横依恋。更堆金积玉，国殷民富，绿洲犹念。

瑞鹤仙·故乡

柴门何日省？过山坳田边，几分酸润。天遥万重岭。念清溪流泪，碧园摇影。归心暗骋。只落得，空翻梦境。问蓝天、健否青梅，更那照人泉井？　　堪敬。育人生色，学子莘莘，弦歌争竞。风华正盛。红楼筑，草蓬遁。记流萤光闪，声声蛙鼓，半夜长坪聚茗。苦相思，但倩和风，频传讯问。

杨崇随

1927 年生，四川新都人。退休干部。新疆诗词学会会员。

咏 梅

花开三九天，香送十里路。任尔北风狂，笑迎霜雪雾。画师挥彩笔，墨客争吟赋。春暖万花丛，无羡亦无妒。

团场风采

浩瀚荒凉地，今成沃野田。
瓜香飘远市，麦浪滚天边。
两代窝棚住，廿年堂室迁。
当年军垦者，提笔写诗篇。

纪念中国共产党成立85周年

国难当头黎庶忧，男儿浴血勇抛头。
保家卫士争权益，做主兴邦捍自由。
推倒三山熔铁链，高举星旗建金瓯。
穷根刨掉万民乐，七一光辉灿九州。

西江月·青城后山双休避暑即景

山下车流如线，山中热闹非凡。农家揽客嘴真甜，说得游人入店。　　临夜彩灯成片，街头叫卖声尖。歌庄篝火舞方酣，不觉凌晨三点。

行香子·北京延庆风光

北国风光，喜气洋洋。车如流，热闹非常。杏花放彩，娇艳芬芳。任鸟儿唱、蝶儿舞，蜂儿忙。　　江山如锦，淡抹浓妆。好时日，烟柳池塘。穿梭游客，指点仙乡。正狮龙蹈，歌声漾，鼓锣狂。

杨德贵

1937—2000 年，新疆哈密人。曾任新疆维吾尔自治区政协办公厅副秘书长。新疆诗词学会常务理事。

访包尔汉老人于北戴河

碧海秋涛天宇宽，敞轩翠柏谒时贤。
童颜鹤发精神旺，高举义旗话昔年。

冰达坂纪行

九折轻车上险峰，群山仰望雾蒙蒙。
冰崖欲度茫茫雨，雪海横穿处处风。
隧道洞深疑日暮，防廊栅密似银封。
谁怀绝技开天路，记取英雄子弟功！

肖伯麟

1932—1993 年，四川射洪人。中学教师。新疆诗词学会会员。

探额敏县卡拉伊米岩画

莹然黑石显生机，上有牛羊硕且肥。
想见先民勤畜牧，推知往古莽林霏。
刻痕愈浅探弥笃，寓意虽遥辨甚微。
狩猎至今图尚在，指归可判重依依。

唐多令·铁门关览胜

览胜铁门关，群峰指顾间。正当年气薄云天。万里江山收眼底，休浩叹，路漫漫。　　韶华去不还，美景且流连。君休笑白发苍颜。能挽雕弓如满月，抒壮志，纵雄谈！

肖致义

1934—1999年，甘肃岷县人。中共阿克苏地委原委员、秘书长、政协副主席。新疆诗词学会会员、阿克苏地区诗词学会会长，著有《磨剑楼诗词选》。

温宿麻扎行

盛名久流传，携侣赏陵园。
暇日访麻扎，清风起层峦。
遮天蔽日参天树，泉水溶溶草木鲜。
顿消戈壁炎热苦，倍觉凉气沁心田。
拾阶进入林间路，一步一景别有天：
百年古木挡行道，碧草黄花铺锦毡。
时有兰亭清风之习习，亦有沟壑流水之潺潺。
最是赏心悦目处，林海茫茫尽奇观。
杨柳混生相依傍，
更有蔷薇沙枣荆棘果树杂其间。
杨高千尺躯干数围枝繁叶茂冠大如盖，
纵有猿猱难攀援！
偶有雷电轰击死，
赤身裸体钢筋铁骨百年不倒插云端！
柳多倒卧忽起忽伏龙蛇游走看蜿蜒。
跃起腾空忽伏他树有若天桥之飞架，
两树相交盘旋为洞形容将军之行辕。
闻有树空皮存绿叶舞，洞大犹能藏熊虎。
间有树死根藏发新枝，起死回生迎风雨。

乌云骤至山风号，雷鸣电闪雨泼瓢。
雨打千枝金鼓震，涛声滚滚似海潮。
霎时雨霁鸟声欢，红日一轮照河山。
紫燕斜飞织丝柳，鹰击长空傲大千。
静坐兰亭傍流溪，风送花香醉心脾。
喜看桑葚落果雨，树树肥杏压枝低。
健步再登山之巅，放眼一览天地宽。
滔滔昆河南奔去，雾绕天山戴白冠。
荒丘连绵接天宇，绿洲一派生紫烟。
夕阳西下催人去，情怀依依尚流连。
美哉！戈壁一盆景，壮哉！天下一奇观。

吐鲁番葡萄沟

葡萄沟里水长流，两岸葡萄架满丘。
谁把瑶池千颗碧，玲珑剔透挂枝头。

河西走廊

地造天成万古雄，绿洲片片郁葱茏。
祁连冰雪溶泉水，戈壁粮棉壮塞风。
高亢秦腔声远寄，富饶宝矿待兴工。
他年开发宏图举，展望河西走巨龙。

忆江南·乌什好

乌什好，托水卷狂澜。西下天山穿石壁，东飞瀚海灌桑田。装点远河山。

沁园春·拜城火电厂感赋

故地重游，旧迹难寻，感慨万千。忆炉前炼铁，餐风宿露；山中采矿，动地惊天。烈火熊熊，浓烟滚滚，车水马龙锣鼓喧。弹指间，卅八春秋过去，地覆天翻。　　群楼矗立云端。机声吼、蒸气绕层峦。望蜘蛛扯网，纵横九邑；银河溢彩、光照群山。再上层楼，装机五万，夺秒争分捷报传。千秋计，喜群英跃马，不下征鞍。

时永春

1945年生，甘肃天水人。奎屯市中学高级教师。系奎屯诗词学会、新疆诗词学会会员。

忆学生时拾棉花

塞外秋来早，西风落叶旋。
飞鸿追楚月，学子下农田。
霜染征衣冷，乌啼晓梦残。
人声河汉里，采得白云团。

立秋送友东归

方闻秋节至，已觉晚风凉。
落日人千里，征鸿字一行。
目随平野尽，心逐远山茫。
记得叮咛意，时时保健康。

雪原走马

喷霜溅玉似惊弦，纵马雪原飞白烟。
万里银光新试手，千寻豪气再扬鞭。
青春只为江山老，肝胆长随社稷牵。
北地严寒何足道，红梅已绽报春天。

游天山

溽暑逼人岭壑间，却调嫩绿画春山。
百花含露羊群远，万木朝阳鸟类欢。
碧水流霞知浪细，毡房迎客喜眉弯。
世人何羡陶彭泽，此时雍游也醉颜，

虞美人·夏游石河子巴管处

团团柳影朦朦絮，曲径通幽地。隔桥人宛水中央，水榭蒹葭满目碧苍苍。　　临流客饮寻佳句，人乐棋牌里。泳池嬉戏浪生花，是处飞红点点夕阳斜。

吴 梅

1972年生，女，天津市人。新疆创新律师事务所律师。新疆诗词学会常务理事、青年部副主任。

踏莎行

绮席融香，深杯映雪，觉来山水都行彻。破春天气又黄昏，不堪万绪酬佳节。　梦逐窗幡，情销魄月，思量争奈经年别。篆痕已自惹相思，从今更着相思结。

水龙吟・戊子收引之凝秋二兄赠书,赋此为谢

淡云舒卷遥山，关河万里芳菲遍。凭谁漫寄，从兰馨素，明花千点。柳岸溪桥，莺天笛夜，依稀箫管。向樽前记取，俊怀星采，曾轻把、词心判。　抚卷流霞若见，尽珠玑、烟空人远。萦回几处，骚魂如缕，沧桑成幻。信是平生，卅年间事，尘边吹散。藉春红一剪，东君梦底，写幽香慢。

临江仙·生日自题

漠漠凉云开远岫，天涯如此清秋。桁帘斜月又成钩。沉浮应有定，悲喜总无由。　　镜里朱颜惊暗换，阑干漫倚添愁。情怀点检怕登楼。青山遮梦冷，烟蓼满汀洲。

浣溪沙

一缕茶烟熨素襟，冰弦久已暗尘侵。书窗趺坐忆初心。　　碎羽零商秋寂历，残灰冷绪意萧森。低帘隔雨夜深沉。

喝火令

愁思如流水，生涯类转萍。镜边阑角总无凭。叠起万端尘恨，昏晓灭还生。　　常记灯前约，频温酒畔盟。两年心事隔重城。怕说当时，怕说梦痕轻。怕说早梅开夜，霜月一帘醒。

谒金门·戊子除夕

南云暗，新雪漫飞天半。吩咐东风催律管，莫辞关塞远。　　门巷绛烟轻散，弦上清音渐缓。拈火试茶春意暖，岁长宵梦短。

吴国祥

1929 年生，湖北通城人。高级农艺师。伊犁州老干部书法学会、新疆诗词学会会员。

怨王孙·冬过果子沟

山峻峡峥风缥缈，狭窄道，坡陡危峭。雪白晶皎映吾睛，说不尽风光好。　松树已成白雪老，冰掩盖，无花隐草。饿鸦哀叫不停飞，涧溪静，人归早。

唐多令·回游新源农场

洪积扇山头，寒风拂面流。四十年，屯垦劳投。林带条田阡陌路，精耕作，获丰收。　荒漠变田垃，故人今退休。旧江山，浑是金秋。喜看稻菽千重浪，离别久，幸重游。

浣溪沙·人生

一曲新歌醉我神，人生难得几回吟。下书春赋润吾心。　冰消雪融迎暖日，黄莺大雁哢佳音。天伦团聚乐芳馨。

吴盛元

1940 年生，四川岳池人。新疆专用汽车厂退休职员。新疆诗词学会、乌鲁木齐诗联家协会会员。

题仙寺

临流缘可变，壁峭界无纷。
磬韵停飞鸟，经声遏彩云。

昆　仑

北风卷折朔天寒，大雪茫茫路径潜。
唯有凤楼人不寐，独将情思付冰蟾。

赠水磨沟

僵卧东城束贵身，囊无积蓄匣无珍。
有人若问堪夸处，水磨一沟吾比邻。

葡萄山庄放歌

空间狭小咏含哀，移入山中自放开。
长啸一声天地响，无人知是怯生来。

浣溪沙·馆堂纪事

古调弹完乍觉空，趋时聊赏牡丹红。飞鸿起落雨晴中。　　忍得腥臊和苦涩，持之春夏与秋冬。诗无窠臼自然工。

旷文炎

1932—2005 年，湖南衡山人。石河子 144 团教育中心退休干部，新疆诗词学会会员。

天池即景

四面银屏映夕晖，满湖秋色落霞飞。
小舟水上轻如燕，远客流连暮不归。

伊州迎春笔会　二首

（一）

闻道书林泛碧涛，果然冬日漫春潮。
一楼诗画使情意，尽把初逢当故交。

（二）

众递蛮笺落紫毫，频涂乌黛谢相邀。
纵横无度堪贻笑，人道天然胜琢雕。

邱振明

1944—2006 年，陕西礼泉人。新疆商业学校高级讲师。新疆诗词学会会员。

龟砚歌

君不见，蓝田玉砚世间稀，精刻细雕十九龟。
君不见，万年坝下离龙宅，轻爬慢走逍遥客。
体长甲阔足一尺，身背子孙十八只。
小龟顽皮又活泼，攀高沿低恣欢乐。
九子窥池欲玩墨，八孙守盖待拼搏。
最小外孙更淘气，登临盖顶自嬉戏。
背八卦，条纹细，姿不同，形各异。
要知多少岁，请君去问太古帝。
人借此物松鹤龄，祝愿好人都长生。
玉砚着意雕龟形，书画应留千载名。
此砚并非平凡石，应是补天剩余璧。
女娲抛入蓝田溪，日精月华育骨骼。
马肝紫润色晶莹，鸲睛圆睁螺纹明。
仲夏呵气生雾水，静夜研来寂无声。
鹿门居士结为友，塞外穷儒拜作兄。
研唐墨，续兰亭，
长诗短句少斟酌，狂吟蓝田龟砚铭。

风雪果子沟

鹅毛五尺地无泥，果子沟头去路迷。
万树梨花香雪海，千旋盘道下伊犁。

观舒春光画大漠

苍茫瀚海上毫端，淡抹云天浓写山。
飞鸟驼峰霞彩里，轻车远逝绿波间。

咏　菊

节近重阳喜换装，金风又染菊花黄。
一枝秋圃迎寒秀，万里霜天带露香。
莫更卷帘吟瘦句，相期携酒咏新章。
边城难得逢知己，共醉东篱诗兴长。

江城子・铁门关

重峦叠嶂傲苍穹。万山丛，绝飞鸿。石壁崔巍，隔断北疆风。孔雀河边开绿野，波渺渺，月蒙蒙。　　铁门关下聚愚公。凿崖空，架长虹。碧水奔流，发电送巴蒙。细柳烟林闻弄笛，歌壮举，颂丰功。

邱智德

1929年生，湖南桃源人。新疆军区军事法院第一刑事审判庭原庭长。新疆诗词学会会员。

庭　竹

青玉亭亭立，窗前覆绿云。
幽姿添雅兴，清韵助闲吟。
三友同高致，七贤共此心。
虚怀常若谷，身死节犹存。

游天池

瑶池胜地恨迟来，把酒临风骋壮怀。
众壑长流泉汩汩，群山环抱雪皑皑。
船犁碧海银波涌，水映蓝天玉镜开。
竟日流连浑忘返，从今不再羡蓬莱。

水仙花

不染污泥不染尘，幽香暗度透帘闻。
秾华岂有争春意，淡雅全无媚世心。
临水轻摇添俊美，冲寒开放见刚真。
平生厌作豪门客，喜对篷窗伴小民。

鹧鸪天·兰花

笑口初开沐晓晖，芬芳浓烈满山隈。花中君子幽人志，空谷佳人绰约姿。　　花雅洁，叶葳蕤，清颜如画韵如诗。不愁王者无人识，绝鄙甘同众草齐。

何 伟

1943年生，笔名公石，黑龙江省巴彦人。曾在大庆油田工作，1990年调塔里木油田轮南作业区至今。新疆诗词学会会员。

大漠巨变

放目焦枯漫大荒，红衣赤子创辉煌。
通衢石路琼楼绿，盖地沙丘锦缎黄。
金凤出巢添异彩，乌龙映日闪奇光，
油娃幸有诞辰日，钻采工人四季忙。

库车北呑变气田

龟兹国北遍砂芜，峡地蒸燃气喷炉。
钻塔精魂真硬汉，天骄风采美蓝图。
深潭映日金龙跃，大地穿肠玉液输。
壮志冲霄鹏道远，神州万里灿明珠。

何义纯

1934年生，安徽长丰人。新疆博尔塔拉蒙古自治州卫生局原局长兼党组书记，现任博州老年大学校长、老年诗书画学会名誉会长、新疆诗词学会会员。

咏温泉

美景天工铸，西陲锦绣城。
汤池疗养地，浴罢一身清。

博尔塔拉赞

西来多异境，乳海带双河。
丘岭宜兴牧，平川好种禾。
昨温屯垦史，今唱戍边歌。
老骥行千里，暮年不释戈。

游海南

金秋偕老伴，远足阅南天。
琼岛千重景，柳城万绿园。
青山生五指，碧水汇三泉。
胜境无冬日，餐餐有海鲜。

登阿拉山口边防哨卡感赋

滚滚寒流急，严威压境狂。
沿边千里线，应变一时忙。
山碛安营寨，兵民共设防。
长城钢铁铸，西塞护康强。

游温泉县阿尔夏提

西来矗立一新城，圣水温泉作县名。
伟岸天山皆胜景，森森幽谷自然成。

咏大敦煌

文化名城天下扬，莫高艺术闪金光。
佛门孔学皆兴盛，儒士高僧出汉唐。

何兆云

1955年生，安徽无为县人。乌鲁木齐市沙依巴克区工商行政管理局副调研员。新疆诗词学会会员。

雷　雨

大幕垂天地，波涛卷泰山。
鲲鹏舒羽翼，雀鸟尔何堪！

果　头

革新理念内涵深，鼓舞工商几代人。
将士挥旗催战鼓，雄兵跃马写英魂。
家和内外春风暖，业盛东西草木新。
史册传承千万载，航灯岁月导征轮。

何杏雨

1923-1993年，湖南临湘人。曾为石河子农业学院副教授。新疆诗词学会、石河子诗词学会会员。

塞上吟

胡笳羌笛悠悠地，落日黄沙寂寂天。
西出阳关知已在，花红柳绿上吟鞭。

赠　人

重逢又是秋风起，喜见流波杨柳低。
临别依依珍重意，只因同在玉关西。

重　阳

重阳无处可登高，只有金风伴寂寥。
难得桓温一杯酒，边城秋日读离骚。

杂诗 三首

（一）

红是相思绿是愁，八千里外忆同游。
画楼花影今犹在，雁断鱼沉又一秋。

（二）

远渡黄河到古城，绿肥红瘦草青青。
塞鸿又向天涯去，一路长亭复短亭。

（三）

书剑青衫入凤城，吹箫市上本无情。
长安紫陌添愁地，来去阳关出塞兵。

浣溪沙·寄库尔勒

上将挥师出玉关，征途迢递跨雕鞍。祁连雪岭铁衣寒。　　孔雀河边花满地，铁门关畔柳笼烟。功勋今已在人间。

贺圣朝·有怀

又见燕子飞阡陌，泮园春色。北地红梅，接天芳草，多情鶗鴂。　　铁门关上轻别，从此河山相隔。塞上春回，丁香依旧，应共明月。

金缕曲·塞外怀乡

久作边城旅，立苍茫，西风落日，故乡何处？玉笛哀笳声声诉，知否离情最苦。塞鸿远，箜篌未抚。写就音书无处寄，最愁人，望断天涯路。伊应在，衡阳浦。　　家山万里阳关暮。忆洞庭、沧波鸥鸟，漫飞荒渡。曾记岳阳楼前景，夕照风帆渔橹。念故地，深情难赋。梦里怀乡多少度，路迢迢，应恨关河阻。有红袖，正歌舞。

余安青

1950年生，安徽合肥人。新疆维吾尔自治区老龄委退休干部。新疆诗词学会会员。

忆秦娥·夜哨

寒风冽，满川斗石坚冰雪。坚冰雪，长空如水，一弯新月。　夜深哨所灯明灭，持枪挺立衣如铁。衣如铁，心潮起伏，壮怀激烈！

余明禄

1954 年生，重庆丰都人。新疆老干部协会文化艺术活动中心主任。新疆诗词学会会员。

游丈八沟湖

独步桃花岛，静坐牡丹亭。
环顾丈八沟，无处不动情。
莲叶碧玉净，荷花惹蜻蜓。
鱼弄花叶影，波光泛晶莹。
鸟瞰水空阔，云物尽倒映。
似植天地间，疑是入仙境。
曲桥横湖上，小舟任穿行。
垂柳学钓翁，但恐鸟声惊。
花瓣作诱饵，柳丝欲绕鲮。
举目仙鹤岛，茫茫云烟升。
屏息侧耳听，隐约仙鹤鸣。
凝视湖岸上，竹翠松柏青。
万木竞葱茏，争护屋宇荫。
蜂蝶戏群芳，意欲绿草坪。
百鸟闹枝头，叽喳未欲停。
藤蔓长廊下，双双热恋情。
湖心呼啦响，乐起彩泉喷。
不觉晚风来，夕阳斜照明。
炊烟袅袅起，又将羔肉烹。
餐后寂寞夜，隔墙独听筝。

蝶恋花·过长安

冉冉绿荫秦川路，杨柳婆娑，夹道笼烟雾。节令近交端午度，乍寒乍暖犹春暮。　　锦绣江山民作主，看我中华，处处皆乐土。甘雨和风千万户，人人脸上欢颜露。

邸吉祥

1936 年生，山东商河人。乌鲁木齐陆军学院副教授。新疆诗词学会会员。

边关卫士

脚踏昆仑山，巡逻彩云间。天下第一哨，海拔五千三。　任凭冰封冻，大棚瓜菜鲜。但求金瓯固，宁可不下鞍。

邹乃璞

1938年生，山东龙口人。温泉党校原校长，高级讲师。中华诗词学会会员、新疆诗词学会理事、博州老年诗书画学会会长。

春 兴

极目岑楼上，曦光照嫩条。
长河明大漠，残雪润新苗。
峰出晴岚动，雕盘沃野遥。
农耕春水足，布谷唱云霄。

怪石峪观音洞

洞浅秋阳满，山深绣锦铺。
峰呈鹰隼貌，岩画犬羊图。
云起时高下，岚晴任有无。
坐禅嬉倩女，大士世间疏。

游阿尔夏提抒怀

车行山路晓风轻，叠嶂松杉亦有情。
炎夏到来无暑意，只缘积雪近峰生。
崎岖鸟道野花纷，涧水淙淙四处闻。
千啭莺簧频入耳，心期雪岭揽浮云。
边庭此日尽蓬莱，底事登仙久不回？
骚客今来携美酒，好同仙子共倾杯。

仙泉雨雾

一路云烟陡觉寒，毡房小饮雨潺潺。
已闻溜断庐檐上，更喜虹垂草甸间。
薄雾氤氲萦绝嶂，奔河迤逦出重山。
何须遥梦蓬莱境，胜迹仙泉任客攀。

交河故城感赋

同登故垒叹沧桑，指点颓垣认汉唐。
二水干枯存断岸，六街零落对残阳。
城依孤岛间阎筑，寺枕幽隅佛塔荒。
文物尘埋资考古，管窥丝路昔辉煌。

葡萄沟咏怀

清流绕树碧参差，夹岸琼瑶缀蔓枝。
博望来时怜美味，火洲深处蕴芳姿。
晾房初挂珠千串，翠幄频倾酒数卮。
舞畅歌酣人似醉，龙沙胜境总神驰。

喀什漫游杂吟

疏勒名城溯汉唐，繁华自昔业农商。
众多人种趋融合，悠久文明共发扬。
麻扎墓幽怀古圣，清真寺伟仰遐方。
月笼斜巷鸣丝竹，酣舞刀郎乐未央。
西望冰峰南带河，东湖水阔漾晴波。
深园傍舍榴初熟，巨厦凌霄鸽忽过。
十里长街光璀璨，三秋茂树影婆娑。
烟开极目郊原处，犹见平芜牧紫驼。

瞻仰孔林

洙泗萦环雨露深，晴云紫气映高林。
龙虬乔木封三冢，俎豆丰仪奏八音。
雀畏营巢凡鸟慧，碑铭植楷圣贤钦。
我来吊古低回久，遗爱于今迹可寻。

鹧鸪天·阿拉山口边防站

筚路艰辛四十春，风云变幻靖烟尘。巡边荒径风催马，比武龙沙汗湿巾。　营寨老，士兵新，军人本色足传真。朝登哨塔凝眸望，伫立狂飙守国门。

邹延铭

1937年生，湖北武汉人。新疆生产建设兵团工一师昆仑棉纺厂原工会主席，高级政工师。新疆诗词学会会员、石河子诗词学会副秘书长。

一四三团彩门

高阁凌空气势宏，雄姿万仞傲苍穹。
金光玉柱龙冰舞，美景琳琅乐醉翁。

鸳鸯湖

含情碧水石城西，李白桃红莺燕啼。
绿柳环堤游客醉，春山日落步丹梯。

塞上抒怀

屯垦边陲五十秋，胸怀壮志喜今酬。
天山耸翠春风绿，戈壁飘香稻麦稠。
喜爱长河奔巨浪，静听大漠起清讴。
年过花甲不知老，挺角依然孺子牛。

兵团成立五十周年

百万雄师共戍边，敢教戈壁变良田。
将军抡镐汗流背，战士拉犁血染肩。
千里边防成铁壁，八方沙漠变金山。
琼楼绿树鲜花簇，再创辉煌举彩幡。

游石河子北湖

碧波浩渺涌蓝天，玉宇飞来万艘船。
绿柳白杨迎客旅，佳肴美味品鱼餐。
诗情画意孤烟渺，鸟语花香落日闲。
忆昔野猪穿苇荡，喜今胜境赛江南。

汪上游

1957年生，湖南望城人。个体经营者。新疆诗词学会会员、乌鲁木齐诗联家协会理事。

一炮成功

炮台依旧逞威风，贼胆何如虎胆雄。
史鉴殷殷犹足训，维和还得挽雕弓。

清泉寺

绿荫深处淌清泉，寺里钟声寺外旋。
不向红尘争势利，我来此处总流连。

喀什香妃墓

碧落黄花自在香，百年青冢不凄凉。
多情更有昆仑月，长伴芳魂绕故乡。

望　月

月涵秋影照天涯，东望阳关不见家。
雁阵惊寒衡岳去，乡心随汝到长沙。

念奴娇·登红山

龙蟠虎踞，立乾坤、揽尽玉关春色。万里风云奔眼底，醉听声声羌笛。塔影斜阳，绿杨深碧，人向东风立。呼朋携侣，一声高亢情激。　　今来逸兴飞扬，登高放胆，笑我西游客。一啸长天豪气壮，岂惧潮头风急。盛世当歌，人生快意，信手涂鸦笔。碧空如洗，一轮红日辉熠。

金缕曲·老槐

到老情犹重。忆当时，枝繁叶茂，几人争宠？避雨遮阳华盖有，只为栖鸾引凤。更想作、大楼梁栋。媚态姣容成往事，有情风，愿把新枝奉。原本是，多情种。　　清风明月吾常拥。与人间，繁华自惜，也曾相共。老未悲秋英气在，尚有当年余勇。休笑我，朽而无用。啸傲青天情不老，禀丹心，雅量人争颂。还一个，青春梦。

踏莎行·秋荷

南浦堆愁，西园惊梦。韶华惆怅秋风弄。当时瓣瓣吐幽香，而今不悔芳心种。　　冷月霜浓，情秋情重。丝丝缕缕和谁共。凌波淡淡解君忧。缠绵更有余香送。

满江红·端午吊屈原

汨水波澜，载不动，灵均泪血。倚天问，忧愁风雨，九歌悲切。浩气长留三户地，孤忠遗恨江流咽。叹天公，未肯护贤良，伤心月。　端午日，诗人节；抒感慨，怀先哲。喜诗坛焕彩，激情飞越。香草流芳千古意，骚歌咏唱添新页。吊忠魂，我辈寄幽情，和君说。

贺新凉·乙酉重阳邂逅同窗相携登红山赏菊

万里秋风急。步重阳，与君同览，漫天秋色。共赏黄花同一醉，欲挽西山红日。莫道是兴来情急。雁阵悠悠乡情近，料家山、应是无穷碧。心路润，心尘涤。　当年砥足情何密。论书山、人生寄慨，笑谈平仄。君弄商潮成大器，我作天山迁客。双鬓染，光阴紧迫。回首年华空付水，问天山、世路何多折。天不老，情难抑。

宋文思

1919-2001年，江苏铜山人。曾在伊犁地区水利处供职，已退休。新疆诗词学会会员。

春日即景

铁犊耕原野，群羊饮碧川。
莺啼村外柳，人醉杏花天。

伊犁天马节

一派欢腾一派新，乌孙天马踏风云。
时追八月凌空下，振鬣长嘶壮国魂。

过石河子有感

戍边屯垦展宏图，热血天山壮志舒。
昔日荒陂芦草荡，今朝汗水变明珠。

牧羊姑娘

羽翎插帽皂靴轻，飒爽英姿别有情。
勒马扬鞭时顾盼，草原儿女似雄鹰。

回乡登楚王山项羽点将台

层层石级起英风，点将台前忆楚雄。
我亦彭城新子弟，至今不肯过江东。

重阳前夕返伊犁有作

万里归来冷露侵，庭前菊放一园金。
欲酬佳节无佳句，梦里依稀自苦吟。

张　义

1934年生，湖南常宁人。新疆维吾尔自治区关心下一代工作委员会副秘书长兼办公室主任。乌鲁木齐诗联家协会会员。

浣溪沙·南湖广场

西部明珠振塞垣，边城新景共争妍。花红草绿水潺潺。　　昔日荒滩垃圾满，今朝广厦客商繁。高楼林立笑天山。

一剪梅·胡杨赞

大漠胡杨吐壮芽，不惧风沙，懒著鲜花。顽强生长最堪夸。春展英华，秋绽红霞。　　叶茂枝繁景色佳，冷对琵琶，笑逐仙槎。铁骨铮铮品无瑕。立地擎天，固守天涯。

张 周

1981年生，重庆市人。乌鲁木齐市高新区党委统战部干部。新疆生产建设兵团诗联家协会会员，著有诗词集《我是一个离家出走的坏孩子》。

塞上初春

塞上初春雪未消，鸭鹅涉水领风骚。
半丝绿草藏崖缝，一缕青风掠树梢。

重阳绝句

山高路险又登高，笑语欢歌惊鹊巢。
晌午尚须三五刻，隔山长啸震云霄。
重九登高畅韵怀，相逢相别未情衰。
清秋月夜三人饮，犹忆杏花墙外开。

杂 思

醉卧天山君莫笑，英雄本色使人伤。
曾经旧梦藏心底，美酒三杯祭胡杨。

张 敏

1938 年生，安徽宿州人。米泉市政协文史编辑。新疆诗词学会会员，著有诗集《时光》。

过克拉玛依

戈壁耸高楼，书声朗朗悠。
新城拔地起，层管听油流。
马往车来疾，花香鸟语柔。
欣看千井口，赤炽满城头。

致兄书

东风万里送春光，绿我偏居柳树庄。
边地潇潇初落雨，故乡桃李可芬芳？

别友人

相识何须分口音，稻乡塞外共耕耘。
书生老去难舒眼，代我天山远送君。

访火焰山柏孜克里克千佛洞

火山一色我来寻，千佛依墙笑意深。
留得芭蕉罗刹扇，热风扇却扇红尘。

宿奇台古城

卧梦天山古战场，冰河铁马起刀枪。
笛声何处忽惊醒，天满繁星地满霜。

咏赛里木湖

天生美女睡方舒，簪化青山坠碧湖。
我荡轻舟摇未醒，朦胧秋水向天铺。

南　京

石城满眼风光秀，故国神游夙愿酬。
回首六朝形胜地，千帆过尽起层楼。

临夏蝴蝶楼

蝴蝶高楼雅得名，飞檐斗拱系风铃。
当年借问谁家院，多少黄金始筑成。

张　靖

1912-2007 年，四川巴中人。阿勒泰地区建筑公司职员。新疆诗词学会会员。

秋登骆驼峰

山峦几起伏，相对又相遥。
河水克琅下，烟云勒泰高。
飞禽争寓树，跃马过浮桥。
把酒酌诗友，骆驼顶上邀。

菜地有感

春耕夏播整天忙，那敢偷闲混景光。
方使南田藤满架，又催北地穗成行。
一瓜一果来非易，半雨半晴苦备尝。
不是农夫流尽汗，怎能喝到菜羹香！

张子明

1927 年生，四川简阳人。新疆生产建设兵团 150 团中学退休教师。新疆诗词学会、兵团诗联家协会会员。

游独山子东湖公园

赏罢东湖水，又登风景台。
小山多曲径，花圃应时开。
池水虹飞架，高空车往来。
白金千尺塔，难诉众英怀。

庚辰中秋

又是中秋夜，凝思对月光。
旧时依恋处，老去未能忘。
无尽耳边语，萦回梦里香。
可怜风雨后，望断玉关肠。

白首重逢

花开花落昔年同，往事依稀似梦中。
白首重逢灾变后，一生心事寄东风。

成渝道中

淡烟轻锁小村庄，绿树山川半渺茫。
人在画中添秀色，春风暗送野花香。

喝火令·开发莫索湾

一夜东风劲，屯军莫索湾。莽原荆棘杳人烟。八百健儿孤胆，巧手绣良田。　　滚滚黄沙暴，昏昏不见天。帐篷深处亦严寒。结伙豺狼，夜夜示凶残。血汗换来葱绿，大漠献粮棉。

临江仙·虚伪与诚笃

七十一年如梦幻，那堪回首告人。赤诚捐尽藐如尘。瞒天都得意，白首悟天真。　　两手空空无搅扰，布衣素食强身。诗词五百纪风云。关心寰宇事，犹爱夕阳曛。

唐多令·思友

岁月去匆匆，故人难再逢。隔千山，音信疏通。几度花开花又落，向谁诉，异乡衷？　　门外又东风，乡思忽转浓。似恋人，夜夜春慵。望断关山千万重，又还是，雾蒙蒙。

张文旭

1933 年生，四川新都人。新疆煤炭建设工程公司高级政工师。新疆诗词学会会员。

秋 吟

秋菊花娇美，重阳酒更香。
黄金轻雅士，豪客爱琼浆。

张凤元

1945年生。新疆奇台人，新疆诗词学会会员、奇台县诗联书画家协会理事。

过南山石门子

板桥流水自涓涓，赏景优游结伴前。
穿过石门惊驻足，青松一岭翠连天。

田园杂兴四首

（一）

还草还林此举高，泥沙锁定锁狂滔。
柔风丽日还原貌，水秀山清鸟语娇。

（二）

收割机声响野田，吞粗吐细麦喷泉。
廿年发展称神速，不必星晨再甩鞭。

（三）

冰封大地啸寒风，塑料棚中春意浓。
科学栽培花果菜，瓜黄茄紫草莓红。

（四）

菜花黄遍路东西，一水潺湲入豆畦。
联袂采风墟里过，炊烟袅袅午鸡啼。

张仲瀚

1915-1979年，河北献县人。曾任新疆军区副政委、新疆生产建设兵团政委、农垦部副部长等职，新疆军垦事业的奠基人之一。

塞上咏怀

大军十万出天山，且守边关且屯田。
塞上风光无限好，何须争入玉门关。

老兵歌

兵出南泥湾，威猛不可当。
身经千百战，高歌进新疆。
新疆举义旗，心倾共产党。
干戈化玉帛，玉帛若金汤。
各族好父老，喜泪湿衣裳。
争看子弟兵，建设新故乡。
放下我背包，擦好我炮枪。
愚公能移山，我开万古荒。
务农畜为贵，苜蓿草中王。
肥多田增产，粮足六畜强。
田在畜身边，畜在田近旁。
欲求田畜旺，场队办五坊。
五坊何所指？油酒粉豆糖。
渣滓皆饲料，粪便变棉粮。

遍野棉絮白，精心育蚕桑。
飞来长江鱼，殖满清水塘。
整地平如镜，凿渠万里长，
引来天山水，为我灌禾秧。
水库如棋布，水吼电辉煌。
晴阴无旱涝，保产先保墒。
护田林成带，条田俱长方。
四周森森树，万堵绿城墙。
工厂连栉起，机鸣日夜忙。
商店陈百货，自办大学堂。
人称新疆好，地阔天无疆。
远山蜃楼动，平沙海市扬。
壮士五湖来，浩浩慨而慷。
君有万夫勇，莫负好时光。
江山空半壁，何忍国土荒。
荒沙变绿洲，城乡换新装。
乡人离乡去，十年未还乡。
归来惊不识，指问此何方？
负重从大局，发奋誓图强。
兴建新社会，岂只艺稻粮。
农林牧副渔，工农兵学商。
相辅又相成，相得乃益彰。
多种经营好，主次切衡量。
务业农为主，各物粮为纲。
农业有宪法，八字放光芒。
字字都办好，年年红满堂。
似军又似民，衣杂帽无章。

坚持三个队①，队队意深长。
各族同水乳，情深似海洋。
愿偿历史债②，共谱新篇章。
青年当有志，立志在四方。
祖国需要处，皆是我家乡。
老兵带新兵，一浪接一浪。
新陈自代谢，后来应居上。
回首创业初，当兵自种粮。
手舞砍土曼，地窝做营房。
将士齐上阵，三军酣战忙。
处处南泥湾，江南到北方。
节衣复缩食，集资建工商。
今日机械化，当年手挽缰③。
万事开头难，念念奠基章。
甘将苦为荣，建国是康庄。
白纸绘新图，立足保边疆。
严戒前门虎、谨防后门狼。
未战早备战，年丰多储粮。
莫待临战时，举措顿仓皇。
巨手翻天地，大胆易沧桑。
前人业未竟，不怪左宗棠。
兵团多勇士，未离手中枪。
边关烽烟起，重新上战场。

【注】

① 三个队：战斗队、工作队、生产队。

② 历史债：清朝统治者镇压少数民族。

③ 手挽缰：原始的人拉犁。

张关克

1921-2003年，河北任丘人。曾任新疆维吾尔自治区商业厅党组书记。新疆诗词学会顾问。

天池游

万壑丛中一镜悬，浮槎直欲上青天。
博峰迎客来池畔，银发飘飘拂我船。

漓江行

万仞千峰列翠屏，轻舟荡漾水天明。
碧波影里游人醉，梦境悠悠江上行。

题天山牧区小景

和煦春风拂翠微，丝绸古道牧歌飞。
驼铃阵阵斜晖里，哈萨姑娘带笑归。

红山吊林则徐

红山秋月吊林公，壮举焚烟一代雄。
威震虎门惊寇胆，黎民万世颂英风。

红　山

赤壁峥嵘欲入天，游人接踵抵峰巅。
遥观峻岭千秋雪，俯瞰重楼万顷烟。
云绕亭栏浮树海，月移塔影罨岩泉。
朝霞辉映边城秀，古道新姿几变迁。

水磨沟公园

佛寺钟声入九天，长廊亭榭转萧然。
四山半落清川底，一水常喧曲径边。
旋动钩轮摩日影，凌虚索道幻神仙。
古城幽境盘桓处，心旷神怡俗虑蠲。

张志明

1932 年生，河北高阳人。新疆军区原政治部副主任。新疆诗词学会会员。

雀尔玛

远山羊群似云烟，近空雄鹰遨蓝天。
绿覃如茵铺峡谷，苍松滴翠掩青山。
溪水潺潺鸣细曲，鸟雀啾啾啼林间。
清风拂面周身爽，野花飘香醉心田。
美哉伉哉雀尔坞，饱览千遍不思还。

【注】

① 雀尔玛，地名，在新疆北部天山深处。

登峨眉山

峨眉美景世无双，今日携妻上翠岗。
绿树成林花气适，青溪绕寺梵声扬。
山峦隐隐腾云雾，石级层层接莽苍。
金顶高危何足虑，要看我佛赐灵光。

张希九

1930年生，湖南长沙人。新疆水利厅呼图壁河流域管理处高级工程师。呼图壁诗词学会副会长、新疆诗词学会会员。

清晨观海

渤澥苍溟阔，波光日夜浮。
晓风催巨舸，晨雾隐渔舟。
云涌随征雁，澜掀戏海鸥。
昕霞金灿灿，凝睇眺莱州。

雁荡山颂

形胜多奇峻，悬崖涉险攀。
浮云凝梵呗，泉水汇溪潺。
林海呈茵毯，繁花献绮环。
诗潮如浪涌，西望忆天山。

黄山颂

百丈云梯屹，黟山气势磅。
青峦浮玉霭，金蕾吻朝阳。
怪石嶙峋立，温泉沁冽香。
天都峰顶伫，极目眺苏杭。

扬州瘦西湖

四月江淮绿满丘，繁花迎我到扬州。
瘦西湖水陶人醉，潋滟波光骋目收。

甘新古道行

不尽春潮涌玉门，祁连冰雪付烟云。
凝眸偶忆乘槎业，放眼犹思定远勋。
丝路驼铃仍隐约，楼兰故迹已消堙。
汉唐伟业垂青史，鉴古观今励后昆。

鹧鸪天・天山行

曲径陂陀举步艰，登高凝睇眺天山。层峦叠嶂添奇峻，雪岭崔嵬涧水环。　　经达坂，涉雄关。颀松虬桦展斑斓。银峰磅礴岚烟拂，浩气氤氲喜泪潸。

卜算子·边疆春好

紫瑞送春归，蹀躞盘陀道。红柳绯衣吮翠微，野鹿羚羊啸。　　丝竹咏胡杨，玉鉴波光皎。柏宿松耆亦劲苍，远眺天山邈。

天净沙·村姑牧鹅

村姑丽质无瑕，红裙翠袖缃纱，水上撑篙潇洒。鹅群迎迓，嫣然一笑如花。

西江月·感悟

银汉星移斗转，流光亿万斯年。人生弹指一挥间，何计尊卑贵贱。　　历史长河浩瀚，韶华迅逝如烟。不唯名利只唯缘，冀葆精神信念。

如梦令·海口东湖泛舟

榕雾椰风寄意，雁队翱翔天际。征棹喜遨游，尽览红荷青鲤。歌起，歌起，琼盘碧空如洗。

张京鸣

1914-1995 年，字明鉴，湖南沅江人。新中国成立前曾任张治中先生秘书，执教于新疆大学；新中国成立后在阿勒泰地区工作。中华诗词学会会员、新疆诗词学会理事。

阿山吟

金山超峻拔，捭阖下陵丘。
峡谷行踪杳，森林隰巷幽。
峰峦陈雉堞，达坂走丝绸。
迤逦连东亚，峻嶒及北欧。
边陲虚壁垒，天堑固金瓯。
克朗萦渊涧，川源纳细流。
冬窝环茇浦，旷野沃田畴。
大漠炊烟淡，高原宿草柔。
羊群云拥集，鹿仔日优游。
喷薄岩披絮，晶莹凌缀旒。
琼花苏古木，丛棘乱萧菽。
一揽溪山胜，浑忘尘俗忧。
无端春解冻，忽道祸临头。
坼地缘冰裂，推山触不周。
洪涛奔逸马，巨石误氽牛。
浪激河堤塌，堰崩住宅浮。
山城成泽国，嚣市现蜃楼。
事乃关民瘼，谁先责政猷。
穷非山不富，恶岂水为仇。

北斗南行次，高瞻远瞩遒。
百年谈决策，一语靖诤咻。
国是唯求实，邦交主共谋。
遥疆重团结，民族益相投。
口岸争开发，市场竞上游。
灾侵营救助，农牧著嘉繇。
玉映天山雪，珠生海国秋。
岑嶅潜宝藏，丘壑话金沟。
石刻存遗史，湖光恋逗留。
虹桥飞蝀落，华厦矗霄陬。
绝塞添风采，寒山沐庇庥。
运筹昭海宇，遐迩尽歌讴。
气象宏崔崒，千岚一望收。

垦区秋望

麦田千顷浪，菜圃绽黄金。
喜得农家雨，江南处处心。

天池书怀

纵目天池天地宽，欲酬大计济时艰。
山花吐蕊消残雪，古木参天映远岚。
仙迹久闻传塞外，风光今果胜江南。
河山壮丽谁妆点，引得春风度玉关。

随陶峙岳将军登天池

几经浩劫恤无辜，十万貔貅握虎符。
多难登临怀大地，馀生慷慨付宏图。
筹边青史谈屯垦，爱国丹忱耻负隅。
但愿天池化甘露，风沙戈壁亦蓬壶。

游南山庙儿沟

名山终待雅人游，塞外江南话此沟。
好就松阴消溽暑，便移尘梦枕清流。
烟霞一片闲无主，云树十章静且悠。
醉上层崖高处望，茫茫天地一沙鸥。

重来塞上　二首

(一)

玉关杨柳接中州，一路春风感旧游。
二十年来酣醉梦，八千里外寄沉浮。
筹边有策谈前史，出塞余生话故侯。
零落二三知己在，霜华都上少年头。

（二）

岁月峥嵘去复来，百年烟柳左公栽。
诗人白发催冰雪，国士丹心付草莱。
出塞岂无先后志，中流曾乏激扬才。
愿将豪语酬知己，跃马长征展壮怀。

张洪庆

1964年生，山东潍坊人。阿克苏师范学校教师。新疆诗词学会、阿克苏地区诗词学会会员。

独库公路上

苍翠平铺千里，白云悠悠九天。
回首来时征路，轮车已在山巅。

春日偶成

不耐冰霜数九寒，久思杨柳舞蹁跹。
清明时节晴方好，春燕衔泥到眼前。

张济亚

1932年生，陕西长安人。新疆伊宁市人民政府退休干部；现为陕西诗词学会会员、新疆诗词学会常务理事，著有《东村吟草》。

秋　兴

原野寒风起，萧萧万木歌。
不悲时已去，诗兴入秋多。

春　风

七九好时节，江南绿柳条。
如何边塞地，依旧玉龙骄。
沙海开田垄，荒原插树苗。
春风明日至，烂漫看梨桃。

草原牧歌

青山环抱气清凉，水自长流草自香。
沃野平川看畜牧，牛羊满地白云翔。

总设计师颂

大海胸怀瀚海驼，情耽黎庶改山河。
横戈跃马图天地，改革风帆唱浩歌。

学诗 二首

（一）

触景情生意未安，融情人景着毫端。
伊犁河水天山雪，笑我孤吟伤肺肝。

（二）

都道吟诗结句难，曲终余韵入凭栏。
桃花流水杳然去，无数青山相对闲。

题花下双鸡图

青藤碧叶伴花容，顾盼多姿体态丰。
暖意先知双玉羽，相依枝下领春风。

湖　岸

万顷湖光映碧天，波连绿岸米粮川。
轻舟摇尽辛酸泪，苦去甘来有大年。

伊犁二届天马节

八月秋高暑气清，喜迎天马下花城。
长街装点添新貌，百业兴隆挂彩旌。
杨柳溪边回翠绿，葡萄院落缀晶莹。
分明一片江南景，佳节遥牵客子情。

狗熊沟

地名自古狗熊沟，畜牧人欢二水流。
马走三山闻石响，羊奔四野见云浮。
朝烟出帐茶香袭，暮霭投林鸟语幽。
最是乌孙佳丽地，无边光景豁吟眸。

张宪武

1940 年生，笔名鲁钝，山东泰安人。新疆生产建设兵团农一师语文高级教师。新疆诗词学会、兵团诗联家协会理事，阿克苏地区诗词学会副会长，《龟兹诗词》主编，编辑出版有《龟兹吟萃》等。

登泰山极顶

午夜相约走，爬山遍路灯。
金龙天上挂，飞练耳边轻。
阵雨松涛绿，天街月色明。
凌晨愁雾霭，红日沸欢腾。

赞卡德尔·巴克大叔①

偏远穷村出志士，拥军日记似春风。
三十九载浓浓意，千百华篇切切情。
子母河边融奉献，女儿国里验真诚。
大叔事迹传南北，感动新疆赴北京。

【注】

① 库车县阿格乡栏杆村73岁维吾尔族农民卡德尔•巴克，从1967年7月开始，39年如一日，用五个笔记本写了一千多篇日记，真实记录了栏杆村军爱民、民拥军的感人故事，被评为“感动新疆十大人物”，在北京受到了胡锦涛总书记的亲切接见。栏杆村，传说就是《西游记》中女儿国所在地。

返沪知青,您好!

高歌农场我的家，屯垦兵团绘彩霞。
现代文明传大漠，青春靓丽醉天涯。
别离卅载音容在，难忘当年首长夸。
第二故乡今剧变，何时相会话桑麻?

苏幕遮·喀纳斯

卧龙憨，白桦素。布尔津河，一路喧哗舞。夹岸惊奇频盼顾。赞叹如潮，黄绿银橙簇。　大香蕉，湾六度[①]。紫气蒸腾，湖水蓝如雾。游艇轻飞秋色酷。亭上观鱼，湖怪藏深处。

【注】

① 喀纳斯湖南北狭长如巨型香蕉,有六道湾。

清平乐·那拉提风光

遍山葱绿，碧毯牛羊聚。滴翠小花披阵雨。草捆松涛成趣。　险峰峻岭崎岖，风梳银练徐徐。巩乃斯河缱绻，撒抛一路欢愉。

桂枝香·大漠奇石展

龟兹故地。见迥异多姿，晶莹瑰丽。八百奇石亮相，洒脱飘逸。雪山大漠冰积扇，有心人、铁鞋寻觅。塔河涤荡，栉风沐雨，自然绝艺。　　树化玉、蛇虫附体。叹润腻柔滑，拗峭精细。鉴宝专家，天价赏评惊议。石痴眼里皆生命，坠迷宫，坚守不弃。俱怀高雅，不求名利，但求情趣。

张积廉

1922-1996 年，女，湖南汨罗人。中国民主促进会会员。曾任新疆工学院图书馆副研究员。新疆诗词学会会员。

游龙泉阁抒怀

双塔争辉万木森，龙泉飞溅雨纷纷。
诗人兴会多情甚，谁说阳关少故人。

鹧鸪天·金婚赠健鸿

春暮嘉陵送我归，鸳鸯路上久徘徊。山盟海誓同心结，患难频摧志不违。　人已老，鬓毛衰。金婚岁月疾如飞。而今桃李芬芳日，喜看天山郁翠微。

张笑春

1957 年生，新疆石河子市人。政工师。新疆诗词学会、石河子诗词学会会员。

春日好雨

春雨空蒙下，悄然入憩园。
露滋绦万缕，染柳绿云冠。

修志小咏

——致兵团史志工作者

沧桑百载感屯边，悠邈时空任卷翻。
清影孤灯笔耕乐，殚精竭智润华篇。

踏莎行·赞天业滴灌带

南倚天山，北连大漠，平原故地新开拓。花红棉白麦金黄，条田平整绿茵沃。　田畴万顷，管道纵厝，滴滴泡露润新绿。连年丰产乐农家，不忘滴灌好举措。

如梦令

南国荷花无数，迁来北湖常驻。试问采莲人，青睐边疆何故？西渡，西渡，引得群芳羡慕。

浪淘沙

池满水漪涟，荷叶田田。子规声唤话丰年。杨柳依依飞紫燕，绿了家园。　　回首梦依然，创业维艰。卅年更上一重天。事业辉煌前景美，风正帆悬！

张鸿义

1939年生，河南禹州人。新疆地质工程勘察院技术顾问，高级工程师。疆诗词学会会员、乌鲁木齐诗联家协会会员。著有诗词集《大地之声》《大地之歌》等。

五家渠

昔日荒芜白碱滩，几经风雨几经寒。
兵团上下齐开垦，土地高低不买单。
竖井灌排辟蹊径，佳禾繁茂蔽青天。
如今盐渍退三舍，荒野变成粮米川。

鹧鸪天·重访吐鲁番

文化名城吐鲁番，旅游胜景誉空前。故城两座迎宾客，佛洞一方傍水源。　坎儿井，火焰山，葡萄撑起半边天。而今再现新风貌，万里航程又起帆。

如梦令·南山白杨沟

山麓水沟深处，飞瀑伴随川舞。星点白毡房，专供客人消暑。真酷，真酷，夏日此间欢度。

张景凡

1927-2010 年，陕西志丹人。曾任伊犁自治州人大常委会副主任，离休后定居乌鲁木齐。新疆诗词学会会员。

新疆诗词学会成立三周年

新知旧雨乐嘤鸣，画笔诗囊托逸情。
愿得吟鞭常奋举，黄花老圃赋秋声。

清　明

杏柳含情正禁烟，行人祭扫各纷然。
唐陵汉寝无斋饭，一瓣心香慰九泉。

伊宁重九

西塞重阳爽气多，黄花红叶舞婆娑。
举杯独步东篱下，笔染芬芳咏入魔。

春 游

日丽风和二月天，依依杨柳醉春烟。
共君陌上寻芳去，笑我吟情似少年。

题传松同志画菊

塞外风寒苦不支，黄花别有傲霜姿。
先生笔下陶潜醉，日暮东篱把酒时。

张景新

1955年生，河南濮阳人。新疆交通职业技术学院教师。新疆诗词学会会员。

对弈有感

不闻金鼓绝烽烟，笑语声中激战宣。
千变楸枰须实地，一招妙手可回天。
溃围非借干戈利，补缺全凭腕节坚。
说与他人还自警，无亏大局共争先。

张道理

1939 年生，江苏铜山人。乌苏市水泥厂原工会主席。新疆诗词学会会员。

夕　阳

残阳欲下山，七彩赠人间。
含笑相辞去，温柔道晚安。

剪芦花

芦花开似雪，少女满塘坳。
举剪姿容俏，腾身技艺高。
细挑还细采，轻剪又轻包。
落日催归去，银花满辫梢。

长　城

长城雄百代，椽笔信难描。
雉堞连云际，龙盘匝地腰。
山河入怀抱，日月上肩挑。
万国文明史，中华铸坐标。

天　山

流云白雪掩高峰，更喜环腰木叶红。
沟底鲜花开烂漫，四时景在一山中。

忆小车队支前

松辽大地至中州，滚滚烟尘伴铁流。
父子夫妻同上阵，风霜雪雨不回头。
凌晨乐载霞千朵，子夜欢追月一钩。
胜利朝前推着走，深深辙印写春秋。

早　春

雪尽犹寒晓雾浓，醒来大地见芳踪。
柔芽侧耳听绵雨，小草昂头试暖风。
柳缀鹅黄夸艳丽，山披鸭绿显朦胧。
一年好景君须记，莫负夭桃蓓蕾红。

牧　归

万里蓝天现紫晖，争先恐后牧群归。
流云马背驮红日，绕耳鞭声荡翠微。
淡淡尘蛾浮路起，翩翩燕子贴羊飞。
欢腾最是趋河处，饮水桥头影自垂。

长相思·麦收

大麦香，二麦香，阵阵清风送进庄。欢歌笑语扬。　　歌里忙，笑里忙，收罢残阳收月光。星星车上装。

相见欢·草原燕子

草原燕子双双，住毡房。恰似牧民心爱小儿郎。　　勤伴牧，欢飞舞，有何妨。大雨来时牛马耳中藏。

采桑子·咏雁

金秋又见长空雁，结伙成群。苦斗流云，万里征程日月新。　　呼朋唤友多亲切，照顾殷勤。队列传神，大写蓝天一个人。

鹧鸪天·听歌曲《公仆赞》

莫问山高与水深，人生道路自追寻。艰难勇建千秋业，奋斗尤争二字金。　　天作证，地知音，江河传颂孔繁森。人民最是双眸亮，总把英雄记在心。

临江仙·钱塘江大潮

八月钱塘潮水怒，惊涛拍岸飞来。一头撞得海门开。雷霆江上走，风暴水中埋。　迭起狂飙喷细雨，欢腾雪浪排排。青春无悔荡尘埃。激情花万朵，前进不徘徊。

张德阶

1913-1995 年，湖南益阳人。生前为新疆伊犁哈萨克自治州商业局干部。新疆诗词学会会员。

迎　春

何事城乡共品茶，纷纭改革促桑麻。
春风暗拂丝丝柳，紫塞依稀草吐芽。

益阳裴亭赏菊

雾绕征衣滴翠岚，悠悠江水碧如蓝。
银盔金甲亭亭立，毕竟风光冠楚南。

悼念益阳彭永生同志　二首[①]

(一)

酒酿黄花颂桔时，故园秋色动乡思。
谁知虎啸龙吟处，却少风流一段诗。

(二)

出山清与在山同，早作甘霖暑化风。
缀玉联珠才十二，顿教含泪赋焦桐。

【注】

① 彭永生同志主编《会龙诗刊》，已发行十二集。

谒伊犁林则徐纪念馆塑像

未伏狂魔忍过秦，零丁烽火尚凝神。
白头合对祁连雪，绿水频催沃野春。
遥指西郊邻虎视，勘查南域济民贫。
几迁陵谷丹心在，缓步瞻怀正气身。

八旬述怀

黄花笑傲正悬弧，八十迎来德不孤。
金谷吟诗欣祝嘏，玉樽浮白共欢呼。
登楼望月情难已，作赋悲秋景却殊。
断简残编寻至乐，夜阑无梦逐青蚨。

与书画同仁春游伊犁河谷

旖旎春光喜共探，车穿闹市过桥南。
绿茵翠绕氍毹紫，彩笔轻描碧落蓝。
柳浪垂纶宽里得，星棋角局静中参。
微风吹送花摇影，鸦背斜阳兴尚酣。

参观老干部书画展留影

指点龙蛇吐雾云，绿窗帘映影三人。
画堂烂漫花争艳，几案淋漓墨斗新。
不欲门前容驷马，且从艺海结芳邻。
疗饥爱取书香味，谁解风尘百战身。

纪念毛主席诞辰一百周年

粪土当年万户侯，城南旧事独惊秋。
明灯遥指翻身路，羽檄追偿血海仇。
坚壁怒摧军国梦，犁庭横扫蒋山楼。
雄图绘出新天地，心底丰碑世代留。

和孔凡章诗翁乙亥迎春曲

叶底流莺古阁鸦，怡然抱翠浴朝霞。
白驹穿隙无遗影，老树逢春又著花。
六尺不甘腰膝屈，寸心何距圣贤遐。
门前种上丝丝柳，陋室书春未有涯。
春辞始识道根深，仰止高山字里寻。
烂嚼梅花香愈厚，饱尝甘蔗喜难禁。
拓开新路多浮议，直探高风有好吟。
利锁名缰轻国故，斯文长愿涤人心。

张慧春

1950年生，女，新疆乌鲁木齐市人。新疆制药厂退休干部。乌鲁木齐诗联家协会团体会员、晚晴诗社副社长兼秘书长。

精伊铁路通车喜赋

恰似雨浇枯草青，声声汽笛振边城。
物流通畅民殷富，更载人心向北京。

校对诗刊有感

过目诗词数百篇，春风化雨润心田。
五湖四海皆文友，字字行行细钻研。
海角天涯文字缘，诗词曲赋百花繁。
奇葩朵朵精心看，以假充真别过关。

中　秋

神州国假更人文，戊子中秋笑语频。
玉兔出宫观焰火，嫦娥扶桂候佳音。
飞船运载家乡客，人杰勘查宇宙痕。
访月准时归故里，和风送爽奉甘霖。

陈 晓

1947年生，女，陕西绥德人。新疆博乐市信访局原局长。新疆诗词学会会员。

白杨沟

天开南岭一条沟，小瀑寒溪贴地流。
避暑休闲涤烦恼，松风山雀试歌喉。

琴 者

闲来鸣奏五弦琴，古调泠泠思绪深。
曲误不消公瑾顾，心随情结任浮沉。

卜算子·春雪

大地暖风吹，广宇寒霜聚。飞雪迎春不肯归，欲与春同驻。　　有意伴随春，又怕春光妒。幻化身名作水流，滋润河边树。

卜算子·祥云火炬

火是激情燃，梦已偿心愿。备战八年转瞬间，仰见祥云现。　　友谊并和平，握手同相勉。待到京城奥赛时，精彩千姿绚。

陈 鹏

1978 年生，河南南阳人。新疆生产建设兵团农七师政法委干部。奎屯诗词会秘书长、新疆诗词学会会员。

春日抒怀

春暖花开日，黄莺树上鸣。
自由堪可贵，我亦唱心声。

男 儿

男儿固恋家，无悔向天涯。
万里抒情志，心花映彩霞。

登山有感

百步一回头，登攀意不休。
心志存高远，岂愿逐波流。

农场风景

绿洲平畴接晓天，春风拂柳百花妍。
屯垦戍边豪气在，不辞辛劳在垄间。

观纺棉

金丝银线云为锦，不及中华塞上棉。
一片冰心知冷暖，柔情夜夜伴君眠。

陈远方

1965 年生，江苏无锡人。乌鲁木齐市第八中学教师。石河子诗词学会会员。

塞上初春　二首

（一）

东风轻拂大荒平，独坐寒窗到晚晴。
二月自知离别苦，冰心化泪泣无声。

（二）

残雪初消天乍暖，小园独步觅新题。
蓦见路边衰草下，黄芽衔露湿春泥。

夏夜抒情

花下低回风弄影，枝头新月觅诗情。
不知古曲为谁诉，深夜洞箫袅袅声。

无　题

常感人生多坎坷，聊凭寸楮述闲愁。
新辞题罢无人解，丢与憨儿叠小舟。

陈孝玲

1965年生，女，河南汝南人。新疆阿克苏教育学院教师。新疆诗词学会会员、阿克苏诗词学会理事。

眼儿媚·塞外春

陌上芳菲绽新芽，翠柳欲扬花。丝丝小雨，随风宛转，染绿黄沙。　　苍茫暮色雪山黛，乳燕恋农家。炊烟袅袅，欢歌笑语，沐浴红霞。

水调歌头·阿克苏

仙境知何处？白水一新城。茫茫林海连片，碧水映危亭。三面冰峰环抱，千佛龟兹古迹，花发送芳馨。人赞此间美，如在画中行。　　展胸臆，歌一曲，绿洲情。扬鞭催马，凌云壮志踏前程。更有边城佳节，倩女胡旋绝妙，游客尽眸凝。满眼葱茏景，处处起莺声。

少年游·乌什

思量几度，魂牵梦绕，云惹燕山风。一池绿影，淡烟疏柳，处处水淙淙。　　登高极目，天风浩荡，尽识玉颜容。遥山斜日，飞鸿远去，沙枣味香浓。

贺新凉·为家父屯垦戍边三十八年作

卅载那堪说。看如今，高楼耸立，彩灯明灭。佳节邀朋开怀饮，对酒中心感切。儿女犟，难明此节。往事如烟时入梦，梦归来，但见萧骚发。云掩映，塔河月。　为寻幸福同家别。嗟满目、人稀屋破，漠荒驼倔。云海苍茫西风冷，冰下寒流呜咽。叹壮士，心真如铁。中夜闻鸡思挥镐，绿沙洲，两鬓丝如雪。老马伏，唱无歇。

陈茂毅

1943年生，江苏宿迁人。库尔勒市第十三中学语文高级教师。新疆诗词学会会员。

天山雪景

最爱天山雪下时，银龙起舞向瑶池。
险峰雄起三千丈，玉柱擎天绝世姿！

梅　花

波摇疏影风姿美，月沁幽香意境佳。
更爱荒村深雪里，凌寒独放一枝花。

春　蚕

窃恐今生度等闲，春蚕到死意拳拳。
情丝吐尽三千丈，锦绣长留在世间。

陈岳峻

1928-2012 年，字钟仁，湖南汨罗人。新疆七一纺织集团公司退休工人。新疆诗词学会会员，著有《塞外庐诗存》等。

登五老峰

五第危岩屹，苍松分外奇。
鄱阳浮远景，一望水天低。

历下亭

泉城云水泊，李杜此吟哦。
历下思亭古，明湖故事多。

白杨沟即景

天然一沟景，沟中宜避暑。
松涛遮旭日，飞瀑从天注。
沿溪看清流，林深闻鸟语。
忽尔朵云来，飘落丝丝雨。

游博斯腾湖

山色沉鱼影，湖光织绮罗。
怡博荡画舫，信手掬清波。
浪打丛芦挤，云随塞雁过。
天边红日下，归棹听渔歌。

南昌西山吊方志敏墓

青冢映明霞，丹心共日华。
西山涵列岫，赣水洗平沙。
血洒长征路，魂归革命家。
将军豪气在，不谢自由花。

交河遗址

茫茫地角觅交河，蹬道西来故址多。
曾历繁华思汉室，何时沉寂剩残戈。

谒屈原墓

碧水凄凄接楚塘，左徒忧愤殉罗江。
明知疑冢存真假，总觉徽山土尚香。

故乡水库堤上远望

密岩峰上白云稀，石破关山接紫霓。
归客已经秋色染，黄花待放露沾衣。

渔歌子·曲院风荷

绿盖红装锦绣乡，古来曲院忆莲塘。风欲醉，水含香，凉亭四面纳湖光。

临江仙·重登黄鹤楼

九月秋花爽朗，偷闲羁旅他乡。偕同老伴览长江。人于江上醉，诗向楚天狂。　　黄鹤矶头故事，无须细论兴亡。此番黄鹤换新装。名楼三楚独，今日喜重光。

陈明柏

1933 年生，四川富顺人。新疆气象局科技管理高级工程师。系中国楹联学会名誉理事、乌鲁木齐诗词楹联家协会顾问、新疆诗词学会会员。著有《明白联集》。

述 怀

背镜常忘病，挑灯累改联。
自甘加砝码，谁解乐天年。

题 梅

傲骨扬天地，丹心映国魂。
先知春讯息，更耀雪精神。

陈清琦

1946 年生，女，新疆塔城地区第一高级中学教师。新疆诗词学会会员。

游天山神秘大峡谷

赤崖熠熠火红洲，路转峰回古景悠。
怪石狂犬妖吐气，惊魂迷谷鬼梳头。
曲身九九盘龙卧，列嶂千千碧水流。
画卷无穷层阁叠，雄奇险峻惹人游。

漫步魔鬼城

魔鬼城中多异景，风雕万载不甘休。
亭台百态无人住，馆阁千姿有魅愁。
雾气升腾观古堡，云霞缭绕隐琼楼。
自然造就神奇地，漫步其间若梦游。

水调歌头·伟人山感赋

伫立晴窗望，绝妙伟人山。英姿惟肖神似，仰面对天眠。史册天天翻过，故事年年传说，难了梦魂牵？征雁凌空舞，寻我旧芦滩。　　回眸看，新城起，美人间。百花竞艳，斜照轻抹翠微烟。原上青青草茂，牛马悠悠莺啭，霞彩漫天边。放眼天涯远，大路水云宽。

邵　强

1948年生，新疆哈密人。新疆诗词学会会员。

瑶池月下独酌

池染溶溶月，山笼淡淡烟。
松瞑星错落，石梦水潺湲。
夜静鸣虫和，山幽野味鲜。
瑶台一壶酒，不了了三千。

昌吉公司即景

清风摇细柳，绿水荡石桥。
欸乃兰舟渡，呢喃燕语娇。
花繁蝶漫舞，林密鸟逍遥。
更有达翁醉，悠然树下箫。

范立信

1933 年生，青海乐都人。新疆农业大学动物医学教授，新疆诗词学会会员。

游石河子感赋

金戈铁马梦萦怀，尚思为民献异才。
甘洒满腔军烈血，要教边塞富春来。
持枪握镐戍屯边，新辟田畴粮米川。
地覆天翻兴大业，明珠石邑耀西天。

隆冬雪霁

琼枝玉树绽梨花，川罨皑衾山裹纱。
烟散云消尘雾尽，苍穹如洗碧无涯。

天路通

钢铁长龙雪域穿，神山屋脊路通天。
唐蕃古道换新貌，圣地人间变旧颜。
举臂摘星除险阻，伸腰揽月克难关。
东西横贯圆民梦，跃马扬鞭四化年。

西江月·水磨沟公园

垂柳苍松蔼蔼，小桥流水潺潺。翠岚瑞霭梵声喧，袅袅香烟僧院。　　画阁凉亭错落，曲蹊诗壁盘峦。荷池鸣鹤泛游船，水磨声声悠远。

清平乐·新农家

牛驱草甸，耕作机轮转。下地远行摩托伴，炊事家家沼电。　　夫妻忙活田间，弄孙翁媪悠闲。斟酒夜看电视，颐神乐享天年。

范晋孝

1931年生，江西高安人。库尔勒市水电局原党委书记。现为巴音郭楞蒙古自治州诗词联协会常务副主席兼秘书长、新疆诗词学会会员。著有《楼兰吟草》。

梨城龙山新貌

千古风沙岭，今朝翡翠山。
山头红阁秀，岭下碧潭圆。
白鸽凌空舞，鲜花遍地妍。
游人飞笑语，西域一桃源。

轮台森林公园

霜叶如花似火红，层林尽染夕阳中。
霞光妆就蓬莱境，胜似香山万树枫。

戈壁小草

不羡名园景色佳，愿教戈壁绝风沙。
寸心欲把春晖报，一缕芳魂系绿涯。

西海渔场

孔雀碧波千里流，沙原深处水悠悠。
白鲢红鲤游西海，胜似江南白鹭洲。

库尔楚麻扎沟水

滶滶金波细细流，幽幽深谷度春秋。
不随众水归东海，志在边疆润绿洲。

鹧鸪天·赞梨乡乡村道路建设

昔日梨乡行路难，崎岖小道土漫天。毛驴载客沙丘陷，摩托骑人水畔翻。　　逢喜雨，饮甘泉，金桥银路越荒滩。村村连结如蛛网，一路春风到乐园。

鹧鸪天·民工

辞别梨城换盛装，身揣钞票喜洋洋。临行更恋新疆好，上路犹闻瓜果香。

乡路远，孔河长，春风解冻露阳光。万千感谢心怀暖，来岁重回二故乡。

阮郎归·建设桥之夜

长虹飞跨孔河中，迎宾情意浓。夜明珠映水晶宫。车流赛玉龙。　　人鼎沸，月朦胧。琼楼耀夜空。桥边歌舞乐融融。边城似浦东。

一剪梅·塔里木河

瀚海长河龙样蟠，朝发昆山，暮到楼兰。胡杨如海映蓝天。碧浪飞翻，白鹭飞翻。　　两岸今朝变乐园。金满稻田，银满棉田。平湖水库锦鳞欢。绿了荒滩，富了边关。

玉楼春·赠梨城送报女

飞车赶路惊栖鸟，绕巷穿街天未晓。千家院落送佳音，万户门前传至宝。　　风霜雨雪经多少？戴月披星春梦搅。梨城今日号文明，多谢姑娘勤起早。

鹧鸪天·喜饮天山自来水

千古玉龙飞下山，迢迢百里进楼兰。污泥浊水埋郊外，甘露金波到嘴边。　　歌舞起，鼓声喧，春风劲度铁门关。山清水美人欢笑，老汉今宵梦也甜。

清平乐·春到梨城

临河小屋，窗外添新绿。两岸琼楼花满目，孔水冰消奏曲。　　丝路梨城新妆，油龙气凤飘香。银燕钢龙迎客，楼兰又见灯光。

林庆林

1931 年生，字光秋，福建仙游人。乌鲁木齐烟草公司原办公室副主任。现为乌鲁木齐诗词楹联家协会理事、新疆诗词学会会员。著有《光秋晚晴诗联集》。

晚　霞

耕耘一世在边疆，军地沧桑发染霜。
蜡烛尽燃无所悔，余晖犹自照群芳。

阿山剿匪铁骑扬威

硝烟扬处铁流飞，闪闪军刀慑敌威。
千里红尘腾热血，赤心长系万民危。

百日追歼

飞驰百日未离鞍，磨破戎装不觉寒。
大漠茫茫寻匪迹，狂飙勇士扫凶顽。

秋光未必逊春光

年华似水去匆忙，风雨染来双鬓霜。
莫道黄昏无胜景，须珍薄暮灿斜阳。
丹青翰墨摅豪气，歌舞诗联益寿康。
老圃繁枝纷绽蕊，秋光未必逊春光。

屯垦老龙河

盘营扎寨老龙河，崖柳芦花燕雀歌。
舞臂抡镐挥汗雨，开花长叶满田禾。
阡畴万顷粮仓满，楼舍千排睦里和。
机器轰鸣湖水秀，明珠灿烂荡秋波。

林承业

1943 年生，满族，北京市人。乌鲁木齐华新牧工商公司总畜牧兽医。新疆诗词学会会员。

鹧鸪天·带孙女鱼池滑冰

如镜冰晶闪亮河，鱼游池底乱穿梭。老翁立岸观孙女，红色刀鞋滑碧波。　　蹬后腿，上前坡。面颊微赤显双窝。张开小手轻如燕，隔代情深欢乐多。

江城子·春色

鲜芽出翠密蓬鬆，细茸茸，绿蒙蒙。润雨飘飘，柳叶荡轻风。喜见新花开五彩，心意暖，画情浓。　　蹁跹雀舞艳升东，小囡童，戏芳丛。笑语活泼，跳跃更轻松。摄影灯光一闪照，丫手举，短衣红。

欧阳铮

1942 年生，湖南攸县人。中国美术家协会新疆分会会员、新疆诗词学会常务理事。

题自画松鸟图

独爱寒霜立劲松，更将冷眼望长空。
衣冠虽不如鸾凤，尚有清声夕唱红。

题牧归图

满目秋光踏岸边，芙蓉朵朵色如烟。
牧童笛颂夕阳美，山鸟声声唱玉泉。

欧阳先才

1936 年生，四川绵竹人。新疆喀什教育学院教授。新疆诗词学会会员、喀什诗词学会会长。

观瀑亭上读李太白诗

夕照香炉无紫烟，观瀑亭中笑语喧。
飞流三千何处去？问仙问人还问天！

读《喀什古今诗词》

穆王瑶池赋华章，班侯盘橐定远邦。
昔日战歌声犹美，今朝新曲韵更香。
一部诗词通今古，百首吟诵胜汉唐。
丝路文坛添光彩，诗国文明更辉煌。

欧阳克嶷

1916-1999年，字乔岳，号迂叟，四川威远人。曾任民革新疆委员会副秘书长，新疆文史馆员，新疆诗词学会常务副会长、名誉会长，著有《焚馀草》诗词集、《寒灯诗话》等。

雾

对景俱成幻，看花总失真。
百年空论世，都是雾中人。

中　秋

又到中秋节，月圆人未圆。
还将珍重意，随梦到西川。

黄　叶

黄叶萧萧下，空庭肃气森。
挑灯一壶酒，寂寞探诗心。

中秋望月

塞外中秋月，空庭独自看。
清光如有意，玉镜为谁圆。
斗转关河迥，星移世事迁。
遥知三五夜，和泪梦天山。

克孜尔千佛洞

四面山如赭，潺潺木扎提。
危崖开石窟，峭壁竖天梯。
平野饶桑柘，荒园饱杏梨。
劳生空自误，未得结幽栖。

与云妹合影并送别

不言生死别，长作异乡人。
白发留双影，青萍证此身。
颓龄诗渐少，往事记犹新。
万里劳鱼雁，惟期善自珍。

雅安客思

高楼风动野云开，镇日滩声响若雷。
江水不将愁共去，万山争涌逼人来。

阳平关

层峦叠嶂彩云间，铁道逶迤过故关。
从此渐开西北路，有谁低唱念家山。

咏窗上冰花

冰花幅幅透玲珑，百怪千奇景不同。
枉费心机夸巧笔，看来大巧是天公。

过滁县

多年向往醉翁亭，此日经过未暂停。
胜地每因名士显，环滁山色自青青。

青格达湖即事

白云碧水共悠悠，坐对东山翠欲流。
赤鲤不来天过午，蜻蜓飞上钓竿头。

由芦草沟到伊宁市

菜花黄衬麦苗青，汩汩清流贯远坰。
塞外江南三月暮，和风斜照到伊宁。

吊沈从文先生

黄钟毁弃瓦铛鸣，叔世交情见死生。
寂寞燕台风雨夜，有人含泪读边城。

望江楼怀薛洪度

万竿修竹碧森森，谁识佳人岁暮心。
古井无波春梦醒，彩笺难染客愁深。
扫眉羞作寻常态，俯首悲为宛转吟。
槛外锦江流不尽，登楼惆怅绝知音。

游桂湖谒升庵祠

议礼经筵触逆鳞，滇南烟瘴历艰辛。
簪花醉酒真名士，博学传薪信伟人。
故里楼台杨柳绿，桂湖风月芰荷新。
闺中尚有同心侣，丽句清词百世珍。

铁门关

西海波涛撼铁关，危崖峻岭控天山。
桥横孔雀腾银索，路接昆仑转玉盘。
民族协和兴伟业，汉唐陈迹换新颜。
绿洲万顷梨千树，头白岑参刮目看。

惠远钟鼓楼

雕梁画栋镇雄州，冒雨来登惠远楼。
百载风云凋玉叶，万民血肉固金瓯。
曾经庙算劳西顾，未让流水独北忧。
极目四围山色暗，平林漠漠思悠悠。

题饶惠熙先生《枣香居吟草》

傲气不可有，傲骨不可无。马鞍寨，枣香居，中有昂昂一丈夫。敢以笔墨写心曲，岂屑龌龊作诗奴。我爱君诗有奇趣，行云流水真自如。吟草乃是必传作，藐尔附庸风雅徒。

蝶恋花·题方国礼先生《罗布泊诗草》

大漠茫茫何有路，为壮军威，奋力开罗布。斗地战天谋勇足，提前爆起蘑菇雾。　业绩辉煌传好句。赤胆英雄，凛凛堪倾慕。漫道登高能作赋，丰碑自得风云护。

八声甘州·挽王洛宾先生

正轻寒漠漠泮冰天，沉痛悼歌王。忆金城寻胜，玉关访古，情系遥方。半世流离颠沛，不改热心肠。似抗霜红柳，耐碱胡杨。　整理民歌俗乐，竞呕心沥血，独创新章。遍域中海外，传唱美名扬。想当年，围炉诗酒，醉高吟，同发少年狂。叹今日，倏人琴杳，百感苍凉。

明剑舟

1943年生，陕西南郑人。新疆国土厅干部管理学校原校长兼书记，现为中华诗词学会和中国楹联学会会员、新疆诗词学会副会长、乌鲁木齐诗联家协会常务副主席兼《天山诗联》主编。著有《鹤鸣轩诗草》。

阅微草堂怀纪公

坐落鉴湖滨，翠微吐蕊馨。
谪官羁异域，阅世避嚣尘。
笔记遗千古，草堂葺一新。
轶闻惊海岳，文粲耀乾坤。

铁门关

矗立铁门关，梨乡画卷妍。
菱湖环柳栋，孔雀绕城垣。
古道黄尘远，边烽晓月残。
油龙腾大漠，驮梦访楼兰。

米仓山秋望

极目云天阔，苍山景万重。
峰披斑竹翠，壑染赤枫红。
曲径溪流近，深林鸟啭空。
蕙风熏客醉，烂漫晚秋浓。

巴扎路上

花裙绣帽彩巾飘，马辔摇铃过小桥。
瓦甫频弹姑嫂唱，银鞭拂碎绿云梢。

放牧女

翠谷丹崖笛韵飘，扬鞭跃马越山凹。
朱唇粉颊春风吻，紫燕红霞共比娇。

石门水库即景

双门耸峙向苍穹，大坝横空野径通。
诸岛霜林秋烂漫，冰峰倒影夕阳红。

鹰咀岩

雄鹰兀自立岑岩，喙锐昂头仰碧天。
振翅腾飞搏风雨，鹏程万里写云笺。

天山神木园　二首

（一）

穆家神园别有天，葱茏古木斗奇妍。
虬龙搅海千年柳，鹿角欹桑九眼泉。
劲节横空榆伞舞，遒株伏地杏枝骈。
飞红涌翠嘤鸣啭，佛国明珠映雪山。

（二）

铁骨虬枝古木园，超凡脱俗迩遐传。
榆瞻马首千年箭，柳拂龙髯九鳄潭。
抱颈柘桑盟信誓，忘年杏柏结金兰。
将军缕缕精魂聚，化作甘霖草木酣。

穿越塔里木沙漠公路

亘古轮台岁月迁，横穿大漠梦今圆。
野营钻井云天耸，瀚海油田栋厦连。
芦栅黄沙围坦道，胡杨红柳簇荒原。
车龙呼啸奔驰急，千里疆南一日还。

游梨城

桃霞杏靥满巴城，玉树梨花耀眼明。
拔地琼楼连广宇，扬波孔雀奏瑶筝。
逶迤铁道油龙舞，潋滟湖亭柳絮萦。
傍水依山凭瀚海，吟鞭指处动诗声。

西江月·游青格达湖

久羡青湖美景，今来戏水扬帆。红菱粉萏映蓝天，惊起凫鸥一片。　　四顾芦花稻浪，朱楼绿树连阡。江南塞北蟹虾鲜，醉卧瓜棚竹簟。

渔家傲·菊花台

结伴驱车凌翠嶂，瑶台碧草薰风漾。野菊缤纷争怒放。黄紫绛，姑娘扑蝶嬉丛莽。　　赛马叼羊驰远旷，松林雪瀑围蘑帐。烤肉甘醇酬客享。披羽氅，弹琴舞袖歌声朗。

凤凰台上忆吹箫·博乐怪石沟

雪蚀风侵，神工鬼斧，长沟怪石嶙峋。仰虎蹲狮吼，人面兽身。绝犀牛望月，鹰展翅，大象狂奔。惊回首，差参剑戟，筚路逶巡。　　花馨，紫荆粉蝶；看偃卧骆驼，舔犊情深。孔雀开屏画，眺海观音。脱兔神龟赛路，凝遥岫，紫雾麒麟。观奇景，心扉洞开，醉纳乾坤。

易南轩

1940 年生，湖南益阳人。乌鲁木齐八一中学特级教师。新疆诗词学会会员。

乙卯感怀

异地飘零客，劳劳志不酬。
韶光何去急，空白少年头！

龟兹丝路行

雄风大漠唱驼铃，丝路千年享盛名。
吸引外商来合作，龟兹古国会群英。

重来北航有感

过往艰辛廿五年，如同云雾亦如烟。
犹疑往日萦新梦，不信今身缔旧缘。
黑海飘零几近覆，荆山涉旅数临悬。
来程反顾心惊碎，重束新装奔向前。

岳 峰

1929年生，甘肃榆中县人。新疆博尔塔拉自治州卫生局原局长、党组书记。现为新疆诗词学会、中华诗词学会会员。

五洲四海喜迎奥运

圣火飞传世，心潮热浪翻。
雄鹰期展翅，夙梦即将圆。
万事皆齐备，五环谐宇寰。
同台平等竞，金榜美名添。

戊子端午忆屈原

谗逐周游著锦篇，离骚绚丽耀辞坛。
诗国开创新风尚，骚体欣传楚绝编。
述志昂扬情激越，吟声悲愤意纷繁。
忧民忧国汨罗坠，禹甸千年吊屈原。

浪淘沙·赛里木湖

乳海水连天，景色无边。雪峰草甸孕诗篇。林茂涧清花遍地，满目娇妍。　　盛夏草芊芊，畜逐芳原。鸢飞鱼跃自翩跹。赛马刁羊兼射箭，牧野腾欢。

江城子·新疆风光

天山南北好风光。谷盈仓，遍牛羊。矿产丰腴，瓜果醉飘香。油气绵延腾大漠，敷管道，送东方。　　工农昌盛铸辉煌。绿洲芳，茂林苍。四海支援，挚友共扶帮。开发西陲机遇握，同戮力，谱华章。

金致平

1930年生，浙江杭州人。库尔勒市工商银行原副行长，经济师，已离休。现为巴音郭楞蒙古自治州诗联学会常务理事、新疆诗词学会会员。著有《试剑集》。

孔雀河滨春晓

玉带腰盘锦，金鸡唱早朝。
晨星波眨眼，岸柳叶扬镳。
太极神形健，公孙点划豪。
梨乡春信至，嫩蕾尽含苞。

瞻渥巴锡东归塔

朔风轻动落英飞，一抹红霞染翠微。
伏地黄龙献牺供，傲天白塔颂东归。
神谐乃觉挥刀恨，意爽方知纵马威。
敬仰忠忱乏佳句，含情夕照赏金晖。

清明题红山碑

翠岭排屏屹北郊，荒沙乏术鼓尘嚣。
镇山有塔妖氛净，汲水培林日影骄。
月透松姿窥闹市，风推柳浪吻新桥。
青碑勒贮当年汗，一代丰功万世标。

赛里木湖

骋目银盘托景多，云随白浪舞婆娑。
追鸥小艇清波爽，映日群峦紫气和。
四岸鞭鸣奔骏马，三螺形隐伏明驼。
人天荐此仙池美，敬请吟翁更一歌。

一剪梅·瀚海春

旷古楼兰巧理妆，翠染沙冈，锦跃荷塘。神驰大漠效鹰翔，遍野油光，漫宇梨香。　　泼墨挥毫意正昂，勤习华章，勉索诗行。天年刻刻沐朝阳，笑展眉堂，春驻心房。

临江仙·梨城葵花桥

玳瑁平桥梳碧浪，金盘朵朵朝阳。心香瓣瓣富梨乡。人来车往，日夜运油忙。　　两岸琼楼亲玉宇，风沙愁对荧窗。河沿刻刻展新妆。天堂何处？塞外有苏杭！

满庭芳·库尔勒新韵

左柳姿柔，梨花香永，渠犁处处青苗。绿洲添锦，碧玉适精雕。紫气东来送暖，余冰化、喜浪滔滔。边庭美，油龙狂舞，火凤待东邀。　　天骄，开发际，早平康道，更架金桥。听新厂良田，机奏通宵。夺凯蓝图焕彩，荧灯下，群策情高。高昂首，仰瞻孔雀，奋翮九重霄。

鹧鸪天·铁门关达瓦孜表演

对峙双峰架彩虹，铁关赏艺笑山中。三边曲岸花篷叠，八侧斜坡人海封。　　行似箭，坐如钟，鹰飞鹤立舞长空。苍松碧草惊奇见，孔雀扬波赞绝功。

周 峰

1925-2011 年，陕西蒲城人。新疆有色金属公司原党委书记。新疆诗词学会会员。

雄边放歌

踏遍三山与两盆，卅年足迹见丹心。
阿山宝石昆山玉，盆内油田盆外金。

念奴娇·新疆石油

凌空而起，莽天山，祖国西边雄崛。希古始，无垠瀚海，酣卧雪峰两侧。踏遍荒原，风沙遮目，驼队吹羌笛。楼兰丝路，而今何处埋没？ 放眼展望当今，花枝盈树，巨厦成群立。钻塔如林，忽报道，油气高喷千尺。夹道欢呼，欣看大陆桥、亚欧横越。胡杨塞柳，胜过江左春色。

周万来

1947 年生，湖南安乡人。原任新疆呼图壁县广播电视局党组书记，中级记者。现为中华诗词学会、新疆诗词学会会员，呼图壁诗词学会理事。著有诗词集《边疆颂》。

记者生涯回眸

平生爱绿洲，挥笔写春秋。
心骋伊犁马，身为木垒牛。
篇篇凝汗水，字字聚山丘。
愿效老前辈，征途不肯休。

打工妹

金鸡报晓启征程，阿妹打工万里晴。
大漠食堂煤火旺，飘香拌面俏边庭。

除夕感赋

鼎盛闾阎贴对联，烟花怒放史无前。
荧屏璀璨哏春晚，载舞笙歌沁远天。

芳草湖

碧波浩淼淡烟浮，瀚海明珠荡钓舟。
鹭鸟还歌千古曲，荷花新动一瀛秋。
犹欣雪水滋红柳，更赏渠沟润绿洲。
塞外人惊芳草美，西湖岂止在杭州！

为新疆诗词学会第四届理事会摄像

精心拍摄但求真，细致编排亦费神。
奋力东风休道晚，朗吟西域又逢春。
影留友谊光盘久，情叙文缘画面亲。
我是吟坛扶助手，荧屏异彩灿骚人。

呼图壁诗词学会第二次会员大会感赋

满座文朋战鼓捶，呼河上下起春雷。
边陲树矗歌舞祚，绝域吟诗镂琰碑。
泼墨如霖滋瀚海，效唐似旭煜光辉。
条田苜蓿花虽稗，幸有骚坛映翠微。

燃料颂

飞龙载炭出西疆，百姓柴薪换代忙。
告别蒸糕烧稻草，无须做饭点枯桑。
山煤热煮梨花粥，液气烹调火腿肠。
喜品佳肴尝烤肉，微波炉内馔飘香。

周五常

1944 年生，湖南永州人。新疆沙雅县退休干部，建筑工程师。中华诗词学会、新疆诗词学会、中国楹联学会会员。著有《雪泥鸿爪录》。

初访神木园

驱车载酒向天山，寻访梦中神木园。
谁将偌大绿宝石，嵌在云山缥缈间。
游人竞向林中去，曲径通幽闻鸟语。
一程一景一重天，遮天蔽日树连树。
九龙搅海势凌云，腊榆双飞永不分。
牛蛙鳄鱼争出动，鸳鸯戏水总相亲。
圣水流芳林苑蔚，千年枯木发新翠。
飞来奇树竟无根，百思难解其中秘。
林间芳草绿如茵，点缀山花更诱人。
爽气清香沁肺腑，山泉洗心远俗尘。
古意苍茫将军墓，土色斑驳沐风雨。
金戈铁马去不还，而今幸有神木护。
虬枝巧架通天门，传闻越后可通神。
飞黄腾达非吾意，但学陶令觅天真。
席地野餐酌菊酒，人醉花阴香盈袖。
放浪形骸且狂歌，清风徐来凉初透。
兴酣不觉晚霞飞，收拾诗囊带笑归。
戈壁明珠夜入梦，梦醒诗熟现朝晖。

哈得油田放歌

一路风尘向远天，大漠深处觅油田。
胡杨历历沙如海，新楼高矗白云间。
石油会战风雷动，惊醒荒原千载梦。
马达欢歌路路通，钻机唱响宝地颂。
夜来华灯灿若虹，熊熊火炬映长空。
银河凝望驰遐想，欲攀井架上蟾宫。
对天放胆高声语，引得嫦娥凌空舞。
嫦娥盛赞开拓人，利在当代功千古。
红衣战士不寻常，纵横瀚海战玄黄。
敢把地球钻个洞，涌出原油喜欲狂。
笑声震撼塔里木，汗水洒满天涯路。
不尽油源滚滚来，富民强国光西部。

咏　鹤

朝日凝丹顶，霜翎映雪光。
烟汀为舞榭，天宇是家乡。
姿媲凤鸾美，寿偕松柏长。
一鸣惊众鸟，奋翼向穹苍。

送申成海先生回豫

塞外逢知己，倾心结墨缘。
互为师与友，不计利和权。
情谊千秋在，梦魂两地牵。
他年如有幸，诗酒会中原。

克孜尔水库

山环碧水鉴丹霞，游艇掀飞雪浪花。
坝截清流思润物，春来泻玉乐农家。

咏　竹

非花非木友梅松，亮节虚怀君子风。
不与群芳争艳丽，但留清气满寰中。
雪压霜欺叶未凋，栉风沐雨自萧萧。
如歌如诉谁能解？千古知音有板桥。

登合阳观鸟亭

鸟类天堂何处寻，滩涂水上赏飞禽。
锦翎翔集迷人眼，激浪奔腾荡我心。
韵士登高云做伴，渔歌唱晚鸟知音。
河山远眺情无限，感赋新诗带笑吟。

咏延庆风光

暮春时节访妫川，塞上风光别有天。
北国漓江飘玉带，夏都花海接雄关。
绿杨荫里黄莺唱，红杏枝头诗意燃。
燕岭寻芳霞醉眼，游人恍若画中仙。

水磨沟白塔山即景

遥看叠嶂翠微中，莽莽林涛接博峰。
泉涌溪流云缱绻，风清气爽月朦胧。
无尘野径人呼鸟，十里南湖绿映红。
北海分身移塞外，飞来白塔傲苍穹。

天山天池吟

雾峦松壑抱瑶池，玉镜天开造化奇。
日照博峰腾紫气，人随画舫枕清漪。
半湖云树半湖雪，一棹烟波一棹诗。
安得结庐仙境里，林泉相伴慰襟期。

水调歌头·天山行

梦绕魂牵久，今日越天山。幽谷泉红叶，秋色正斑斓。车绕盘山险径，旋见峰回路转，雪岭灿云端。飞瀑千寻落，溅起雨花寒。　　穿云海，上达坂，履冰川。俯瞰千岩万壑，天地顿惊宽。欲效雄鹰振翅，欲学苍松傲雪，豪气贯长天。志士须无畏，绝顶探奇观。

西江月·孔雀河之夜

两岸琼楼玉宇，一河灯影波光。如茵芳草伴花香，阵阵清风送爽。　　人步无尘曲径，泉喷多彩乐章。兴来醉月且飞觞，也效兰亭放浪。

满庭芳·天山神秘大峡谷

烟笼危崖，雾迷幽壑，迎眸山色朦胧。攀岩探秘，俯仰尽峥嵘。足底清泉漱石，空谷响，悬水叮咚。天如线，云飞栈道，鹰隼掠苍穹。　　奇雄。看不足，龙潭玉女，石窟迷宫。叹山川常在，岁月无穷。怎奈人生易老，莫辜负，明月清风。为寻梦，登高览胜，一啸吐霓虹。

清平乐·走马南山吟

林深路陡，风卷松涛吼。天马腾云崖上走，倍觉精神抖擞。　　指看云树千重，穹庐点缀其中。哈萨牧童引路，归来痛饮三盅！

水调歌头·喜闻台商包机对飞有感

两岸传春讯，玉宇现朝晖。驱散海天迷雾，银燕任高飞。掠过一衣带水，飞越时空航道，机与客心驰。游子初圆梦，喜伴彩云归。　　鼓锣响，龙狮舞，彩旗挥。欢庆同胞幸会，感慨引遐思。五十六年过去，常盼三通实现，此际见端倪。一统金瓯日，举酒赋新诗。

周文烈

1928 年生，四川达州人。新疆生产建设兵团原商业局粮食处长。新疆诗词学会、乌鲁木诗词楹联家协会会员，新疆生产建设兵团诗词楹联家协会副秘书长。

登红山读林则徐碑文

醉卧红山嘴，泪痕夹酒痕。
虎门烟禁事，一读一沾襟。

界山大阪

皑皑千里雪，苍昊白云飘。
旷野无芳草，石岩似火烧。

塞北月光明

塞北月光明，高楼竹笛横。
天涯荒草地，潇洒度人生。

巴里坤风光

雪原林海尽，碧树百花丘。
风送涛声远，山村景物悠。

夕阳颂

金秋枫叶浴霜红，万里晴空日正彤。
葱岭雪花天上舞，人间盛世晚情浓。

游天池

雪岭云杉水下垂，毡房错落野烟炊。
苍松挺拔迎宾客，翠柏微摇送玉杯。
山色湖光游艇荡，野花香卉蜜蜂飞。
残阳映雪呈奇景，仙境流连戴月归。

白杨沟

胜地垂杨避暑游，毡房典雅复清幽。
炊烟袅袅林荫翳，溪涧湍湍石岸流。
游客思茶喝马乳，牧民嬉戏赛羊牛。
溅花瀑布如龙舞，一片风光尽兴收。

长相思·忆1952年冬解放军官兵修和平渠

雪水流，汗水流，流到和平渠里头。黎民不发愁。　帅领头，将领头，战士纷纷争上游。秋来稻麦收。

踏莎行・松树头远眺

路转峰回，层峦叠嶂，杉松高耸云端上。晴空万里月如霜，奔来眼底山河壮。　　老后还乡，流连向往，离魂梦绕穷深巷。从戎投笔别巴山，伊河两岸风云荡。

摊破浣溪沙・胡杨林

大漠胡杨蔚壮观，英姿焕发数千年。抗旱固沙甘虬曲，耸边关。　　骤雨狂风何所惧，终生奉献也心安。吞热抗寒无悔憾，壮人间。

周肖榕

1936 年生，女，湖南长沙人。伊犁哈萨克自治州新华书店经济师，现为乌鲁木齐市诗词楹联家协会理事、新疆诗词学会会员。

相 思

天涯地角两茫茫，往事难忘痛断肠。
旧梦萦回君不见，孤身对影伴斜阳。
去岁同行赏百花，今朝只影伴飞霞。
恨无入梦随君去，思絮纷纷若乱麻。

无 题

春归夏至步匆匆，满院桃花转眼空。
夜雨敲窗惊梦醒，相思尽在雨声中。

咏蟹爪莲

繁枝俏丽显精神，缘叶葱葱不染尘。
嫩蕊初开斗室暖，不因风雪误芳春。

冬日吟

花飞六出遍长空，旷野林梢一抹同。
喜看琼枝千片玉，寒鸦冰雀不相逢。

无　题

金蜂玉蝶尽寻芳，柳翠花红菜籽黄。
只有低飞孤燕苦，伤怀怕进旧时房。

小区之春

奇芳殊色浸斜阳，靓女顽童竞彩妆。
莺燕噤声倾耳听，谁家琴韵下芸窗。

以诗会友

未睹音容亦有缘，吟诗斗韵乐无边。
梦中雅聚联千句，起看三星灼灼燃。

夏　日

桃花退尽柳丝长，雨后荷塘溢淡香。
紫燕双飞蜂蝶舞，蝉儿独自唱忧伤。

思　君

榆叶千枝复万枝，江堤依旧暮帆迟。
思君恰似伊河水，日夜奔流无歇时。

满庭芳・春感

日暖风和，春回陋室，笑看柳绿桃红。凭栏遥望，苦忆旧相逢。岁月蹉跎人老，空回首，流水西东。云岚外，归鸦点点，知何去何从？　　无情人更好，香飘罗袖，仰视长空。岁月难留住，一片朦胧。莫是怕忘归去，离愁付、美酒杯中。思君处，茫茫碧海，似见一孤鸿。

江城子・思君

瞬间生死两茫茫。旧情长，永难忘。千山阻隔、无处话凄凉。小院风光今独异，蝉音绝，月如霜。　　夜来幽梦返潇湘。着新妆，步花房。两心相悦、牵手喜洋洋。待到鸡鸣天露白，人不见，泪千行。

周若麟

1929年生，湖南攸县人。哈密铁路中学一级教师，世界教科文卫组织专家成员。中华诗词学会、新疆诗词学会会员。

忆万骏逸师

衡阳烽火急，春夜别吾师。凄然忘言语，沉吟遂赠辞：相见若无事，临行忽觉悲。国难鱼雁断，山川沸粥糜。白驹逾世纪，永怀化雨时。

浮世德

温柔敦厚萎靡篇，歌德穷才六十年。
悲剧落帷堪满足，杞人跟唱太平天。

二月十五日哈密大雪

弥天玉蝶趁春时，占尽东园桃李枝。
借力寒潮翻作浪，地球自转挟冰澌。

流萤

火柴砂纸划寻常，乱闪流萤况太阳。
四海金波腾笑际，草根礼赞慨而慷。

迁善

迁善知非莫大焉，人亡政息史无前。
牛郎银浦馨香祝，细数齐州九点烟。

雨晴晚眺

雪峰雨霁暖云横，穿嶂残阳缕缕明。
欲对天山描晚景，白头掩映翠微晴。

偶书

鸭绿春池浸碧天，姚黄魏紫绣堆妍。
莫疑绕屋皆颜色，不事铅华是自然。

读杨绛散文《花花儿》

杨绛先生淡写猫，依人可掬恼人娇。
须从芥子宽天地，流水行云托响遥。

哈密郊野四月

平畴高岸燕轻斜，短草微香趁泮花。
疏柳攒青凝翠玉，散驼蘸紫点黄沙。
龙堆簸荡春还着，羊角扶摇画漫加。
白雪玄冰回首处，一峰缥缈少为家。

人与自然

林蔽相迎若比邻，伏行直立俗谁新。
游丝组织蜘蛛网，变色招摇蜴蜥鳞。
阜木荣枯追野火，狮羚忧乐想狂秦。
五更兴奋咖啡热，唤醒良知百味陈。

接故交书

边云料得望中穿，疾雁回传自楚天。
矮纸心声闻切切，斜行情愫感绵绵。
未曾濡沫红羊劫，犹及温馨白雪颠。
应是此生终有幸，与君千里共婵娟。

四月二十三日西山始见归燕

西域阴沉四月天，归来谷雨筑帘边。
泥融宿雪衔才暖，子望新窝哺欲全。
绕柳于飞同缱绻，照湖比翼与流连。
忽然蒴末风扶起，俪影参差逝远田。

野　马

果然龙种最峥嵘，百丈黄云踏蹴生。
韩笔传神遗铁骨，鬼才八句作铜声。
骧腾自远秦皇道，空阔无求伯乐睛。
借问谁知千里足，凌霄紫燕说蹄轻。

牛

已竭疲犁卧夕阳，投刍何必齿生香。
忽然冷颤开昏眼，合是春鞭入梦乡。
八百里行儿叩角，三千脔荐客呼觞。
画师坐爱横吹趣，不写庖丁首一昂。

水龙吟·栽花

闲园好试春光，玫瑰科椭连根得。名花自重，锋芒呵护，不容狼藉。翼翼扶持，依墙掊坎，趁清明节。信平生技术，筐倾粪土，轻轻注，平平拍。　　四月桃青柳翠，更朝朝，看她芽发。光阴荏苒，央肥嘱水，芳莫转歇！不解原因，老农相告：乃由肥弱。总膏腴误事，风流错损，对东风惜。

周俊杰

1938 年生，河南内乡人。昌吉地区中学原教师，新疆诗词学会会员。

崎岖路

平生奔走大荒中，历尽崎岖道始通。
白首同归心不悔，育英戈壁乐融融。

偶　作

风华正茂叹风流，傲骨嶙峋五十秋。
西域中原原咫尺，爱他霜雪战边州。

沙枣花开万里香

沙枣花开万里香，秋天果实闪金光。
新疆沃野资源富，民族和谐乐未央。

周勤斌

1952年生，笔名秦钟，陕西蓝田人。自治区麦盖提县党委机关干部。喀什诗词学会、新疆诗词学会会员。

古　庙

缘壁成云径，凿石本已难。
玉成云中屋，穹窿住神仙。
环目生獠牙，剑戟闪光寒。
顶上繁碧树，怀中抱甘泉。
吸纳乾坤气，遨游四海帆。
除妖降顽魔，福祜万民安。
昼夜香火盛，岁岁人摩肩。
今日始登临，醉我到永年。

感 怀

幽谷春草绿，山野花枝繁。
岩畔龛神佛，曲径通人烟。
林中鸣翠鸟，苍鹰啸云间。
松柏黑森森，虬枝龙虎盘。
古树扶蛇杖，浓阴恰遮伞。
攀爬添精神，高处不胜寒。
狂风吹乱草，乳雾蒙深山。
林涛惊日夜，密林藏神仙。
藤萝缠旧梦，山花动心弦。
人间有胜景，我心向桃源。
慰君一日乐，物我两相牵。
生人难免俗，做鬼少粮钱。
凡人羡飞禽，池鱼思故渊。
闲来品山水，慰我两鬓斑。

庞 湍

1941年生，字汉槎，河南南阳人。阿克苏二中语文教师。新疆诗词学会、阿克苏地区诗词学会会员。

登红山

岧峣攀峭壁，步步变迁中。
芳草绿荒径，香花艳树丛。
亭高翼飞鸟，塔古镇长龙。
放眼遥天外，云山几万重？

天山瀑布

云持白练舞苍穹，日照青崖映彩虹。
不尽奔腾飞泻意，碧潭深处有潜龙。

绿洲吟

风沙扬起半天尘，时近清明始见春。
小立阳台延颈望，满城新绿长精神。

游多浪公园

翠柳褰裳拂碧波，画船倒影映烟萝。
浓阴染我一身绿，塞外名园情趣多。

赏茉莉

白水城中夏日长，窗前茉莉正芬芳。
对伊不敢深呼吸，唯恐须眉亵圣香。

龟兹情

托峰雄峙塔河长，欢聚龟兹歌舞乡。
且御鲲鹏冲浪去，九天捧日播春光。

土尔扈特部

归程万里气如山，风雪难挠赤子还。
总是故乡情意厚，天山南北尽开颜。

於 进

1940 年生，江苏如东人。新疆生产建设兵团五一农场退休干部，会计师。兵团诗联家协会会员。

六州歌头·新疆赞歌

天山南北，一派好风光。牛羊壮，资源旺，利城乡。国家强。莫忘当年事，庶黎苦，多忧患；烽火急，沙尘老，屈忠良。帝匪王朝，盛世才为害，宰制灾殃。庆人民政府，团结共兴邦。握镐持枪，葆边疆。　　喜千年始，大开发，丝绸路，不寻常！持特色，明方向，走康庄，畅通商。欧亚桥相连，双赢里，促辉煌。粮棉足，矿藏好，扫饥荒。科技兴新志远，小康至、处处芬芳。喜春风常驻，绿染南北疆，幸福绵长。

郑 琢

1951-1999 年，河北隆化人。新疆维吾尔自治区人事厅考试中心原副主任。新疆诗词学会会员。

二赴巴里坤

十盘九曲雾中行，黄绿相呈水色清。
古道边城新气象，民风物土旧时情。
潺潺流水迎佳客，阵阵松涛慰远程。
满眼秋光无限好，何须伤感叹凋零。

喀纳斯湖抒怀

阿山竞秀碧湖葱，览胜攀援上险峰。
绿水青山收眼底，白云红日入图中。
纷繁花草铺原野，茂密松林架彩虹。
走遍天涯常赞美，终偿夙愿唱高风。

贺新郎·秋风

幽梦初惊醒。起狂风，飞沙走石，冷身孤影。遥望东方思故土，心底波涛荡涌。曾记得，童年憧憬。立志边疆施抱负，任霜天，塞外风声猛！萧瑟处，自身省。　　斑斓满眼秋光景。望营盘，月光似水，军威严整。雨雪多年筋骨健，更铸豪情彪炳。助雅趣，披襟吟咏。欲御长风腾环宇，效雄鹰，万里翔飞挺。天广阔，好驰骋。

波·尼木加甫

1940年生，蒙古族，新疆博乐人。新疆人民广播电台文艺部编辑。新疆诗词学会会员。

赛里木湖

天高山远月轮孤，牧帐千灯绕碧湖。
独坐岸边琴一弄，此身已觉入新图。

官先锋

1952年生，四川阆中人。乌鲁木齐截瘫医院办公室主任。新疆诗词学会、兵团诗联家协会会员。

悼孙龙珍烈士

烈士墓前三鞠躬，纵横老泪洒芳丛。
英雄白骨埋泉下，换得边关绿草红。

参观塔城芍药种植园

兴随曲径赏花来，万点芳菲笑靥开。
本是风流乡下子，独钟芍药满园栽。

游樊梨花点将台

英姿飒爽上征程，点将台前百万兵。
管领江山歼贼寇，统军原是女儿身。

官福光

1930 年生，四川荣县人。长期在新疆任中学教师，现居四川内江。中华诗词学会、新疆诗词学会会员，内江诗联学会副会长，著有《长乐楼诗选》等。

戍垦情深

解甲屯边卅五春，堠烟换作水鱼亲。
并肩共染无穷翠，攘臂同驱万古贫。
地演沧桑显紫塞，天生羽翼福蒸民。
喜开电唱歌丝路，长想风流垦拓人。

支边赞

瀚海飘香感物华，千洲万水尽奢遮。
素妆棉地欺冰雪，金涌油田誉迩遐。
休道漠荒由造物，信知腰硬可移沙。
酬勤莫过支边汗，点点星星化稻花。

杂　咏

莺飞草长意悠然，袅袅垂杨淡淡烟。
乐水乐山痴特甚，疑云疑雨习难悛。
双鱼催句拖三月，半夜焚香和一篇。
的是情缘撕不断，强将浊质学诗仙。

重阳偕友登内江三元塔

三元塔影伴云飞，重九登临趁早晖。
鸿雁初回兄弟远，茱萸遍插友朋归。
东篱赏菊原真意，西苑裁诗拂玉徽。
盛会难逢嫌日短，交流恨晚始知非。

苏幕遮·良宵

玉轮凉，星斗灿。点点流萤，点点流萤散。细柳难堪风作伴，缕缕情丝，缕缕情丝乱。　对良宵，休气短。冷酒愁肠，冷酒愁肠断。月下梨花空耐看，何似寒梅，何似寒梅健。

八声甘州·塔河春曲

听歌声马达闹沙洲，银钎响叮叮。渐星平北斗，风清戈壁，骤雨新晴。迢递丝绸故道，激鼓舞轻盈。千古祇婆乐，角徵流馨。　沙棘花开花谢，问几番涨落，塔水潮更？看边疆民富，各族共繁荣。君莫叹，燕儿归晚，论农时，恰好事耘耕。休辜负，塔河烟景，绝代丹青。

下水船·疆南路

车骋疆南路，月照龟兹秋浦。云敛天山，临窗满襟霜露。风尘苦，一路绸缪朝暮，心事更凭谁吐？　　销魂数，翡翠层层处，香溢葡萄杏脯。袷袢长裙，轻歌式腰缦舞。神凝注，莫怨相逢恨晚，且待横吹再赋。

醉花阴·水库趣

缕岚烟笼远岫，近渚芦花瘦。笠钓扁舟，断雁西风，客绪从谁叩。　　鲢鱼笑煮黄昏后，呼友传杯酒。围坐话农桑，月上东皋，不觉平星斗。

郎光汝

1940 年生，江苏南京人。新疆生产建设兵团农十三师文联原副主席。兵团诗联家协会理事、新疆诗词学会会员。

鹧鸪天

对峙鸿沟六十秋，重逢一笑泯恩仇。劫波历经兄弟在，雨后阳光分外柔。　应众意，顺潮流，和平之旅破冰舟。婵娟愿景河山美，两岸联手振九州。

赵 捷

1931-2004 年，女，黑龙江省呼兰县人。民革新疆妇女委员会原主任，长期从事新闻、文化工作。新疆诗词学会会员。

感 怀

饱历沧桑两鬓斑，天山风雪忆凭栏。
幸逢盛世无饥馁，日照桑榆晚景安。

赵力纪

1955 年生，山东莒县人。新疆商贸经济学校教师。新疆诗词学会会员。

塔里木河

雪水高山泻，奔腾夺峡前。
一流穿大漠，两岸展良田。
落日浮波浴，长河抱月眠。
胡杨迷壮景，秋到漫天燃。

天山闲居

草吐幽幽气，青峰雀鸟鸣。
推轩千树秀，开户一溪明。
径入重峦雾，林闻野鹿声。
汲来山涧月，壶里奶茶烹。

白杨沟

酷暑抛沟外，清凉草气浓。
山悬一帘雪，壁立万年松。
旱獭仰头望，雄鹰驻足逢。
晚来寻犬吠，或有牧民踪。

秋步克兰河畔

秋来边塞早，独步克兰河。
树染黄金色，溪喷白雪波。
拨云搜异石，举目送天鹅。
恋此何南去？徜徉醉牧歌。

莫索湾初冬

千丘飞瑞雪，忽霁一斜阳。
瀚海寒红柳，孤村俏白杨。
沙狐枯草劲，野兔漠风荒。
天际驴车远，空留辙两行。

山居吟

幽谷炊烟袅，牧歌归径恬。
青山衔丽日，白瀑捋长髯。
雀鸟迟迟去，花香静静潜。
夜弹冬不拉，错挂月牙尖。

之喀纳斯风景区，需翻越三座大山，途中感赋

携云盘绕尽书之，绿意渐浓飞韵诗。
恰似人生行去路，一山翻越一山奇。

白　草

丛丛白草漫无垠，戈壁荒滩倔犟身。
纵使枯干制成帚，犹能扫净万年尘。

登惠远钟鼓楼思古

云淡天高健步登，凭栏一望古烟生。
行商马去巴湖畔，盗寇兵焚惠远城。
三路大军风扫敌，几多谪士雁留声。
白杨小镇桑麻久，静赏胡笳塞外情。

念奴娇·望伊犁河感赋

大河奔泻，挟雷韵、喷吐琼花寒雪。想必壮怀幽谷束，夺峡豪云千叠。天马嘶鸣，牧歌奔放，两岸草原阔。胸开目射，胡笳天际声烈。　　遥想持节张骞，乌孙优待，丝路驼铃热。将军府中闻觱篥，惠远古城明灭。少穆雄风，季高豪举，留与今天阅。青穹万里，且看高翥苍鹘。

贺新郎・天山咏

磅礴苍穹接，亘峥嵘、千峰骨峻，万崖松叠。湖泊晶莹珠无数，大雁春秋沐月。怀拓展、草原辽阔。天马牧歌冬不拉，向苍茫、笑我如君倔。胸万壑，满头雪。　　暇时五岳长翻阅。更钟情、天池抚影，博峰奋鬣。涧水奔腾滋绿野，化作新词数阕。击掌唱、豪情浓烈。欲请神州诗友至，驭长龙、大漠纵横绝。飞瀑泻，笔难辍。

沁园春・观鱼亭远眺

一碧清流，千叠青峰，尽送眼前。望雄鹰展翼，翱翔壮志；白云漫步，浪漫长天。雪瀑弹琴，松涛合唱，长啸声声峡谷欢。山风劲，正豪气大敞，吸纳胸间。　　大鱼何处能观？想必是、鲲鹏天际抟。赏芊芊草木，润滋灵感；悠悠笛韵，流淌诗篇。松树为毫，喀湖作砚，山水宏图家里悬。邀诗友，往穹庐一坐，畅饮甘泉。

赵义柏

1942 年生，四川中江人。新疆博湖县中学教师。中华诗词学会、新疆诗词学会会员。

车行天山林区公路

涛深似海起寒烟，千里林开一线天。
七月春浓闻瀑近，芳车揽秀彩云边。

天山牧场小景

幽溪碧影远轻烟，艳吐红莲绽险巅。
牛马奔驰男唱曲，犬羊逐戏女挥鞭。
柔风柳醉莺朋唤，丽色花迷燕侣旋。
流瀑山光霞岭翠，浮云白雪映蓝天。

偕画友乘马游葡萄沟

大漠藏幽一意迷，风掀绿浪染轻蹄。
天笼玉蔓筛红景，地网琼枝掩碧溪。
万挂珍珠排远近，千重玛瑙缀高低。
歌甜舞畅游人醉，五彩边情入画题。

天山巡逻兵

英姿飒爽卫边关，破雪巡行不畏艰。
玉浪千重连地宇，银屏万里入云间。
冰晶素甲豪颜紫，霜洁红星毅睫斑。
纵目前程齐奋勇，一鞭飞马过天山。

春日访友

春山深处访诗家，柳掩清溪一径斜。
声入长霄箫引凤，情容大海笔腾蛇。
朝霞万缕映颜赤，残雪千峰染鬓华。
风送暗香飞瀑近，开樽闲听早莺哗。

那吒令·野村小景

晚春，清波绿茵。早晨，红霞碧云。野村，轻舟要津。水家袅袅烟，牧童娇娇韵。来往行人。

赵天夫

1927-1999年，甘肃泾川人。曾在新疆生产建设兵团农八师史志办工作。新疆诗词学会理事、石河子诗词学会副会长。

百重营

瀚海纵雄兵，关山万里行。
乘时勤戍垦，守此百重营。

北 湖

泉哮湖水满，四顾碧波清。
玉塞年年绿，田头见老兵。

太 湖

远水天为岸，三山落玉盘。
太湖佳绝处，鼋渚最斑斓。

白沙镇

暮归白沙镇，独上靠山楼。
望里江城渺，当空一月留。

吼　山

越王尝胆处，越女沐恩时。
旦旦英雄志，香留美女姿。

新安江水电站

坝堵新安阔，千山一水通。
高湖水潜涌，送电入华东。

入天山

皑皑白雪绕峰巅，水草丰腴有牧毡。
一线飞湍凌险谷，青松盘曲尽危悬。

石河子

皓皓天山屏大漠，屯田百万陌头青。
松苍柳绿花明处，恰是将军细柳营。
石城窈窕晓秋寒，瀚海波涛绕碧盘。
四海风流青紫客，诗人盛会史无前。

铁门关水电站

带水襟山好险关，坝拦孔雀月临山。
高湖水电容千顷，绿秀巴州换美颜。

赵天然

1972年生，女，河北涿州人。乌鲁木齐第十三中学教师。新疆诗词学会会理事。

秋　晨

幽林朝雾散，日影带寒潮。
枫叶随河水，芦花倚岸礁。
秋深由尔叹，景美任人描。
犬吠三村后，行人过小桥。

秋　枫

碧水缘何绮，秋枫金雀仪。
一江云影破，两岸蓼花痴。
隐者临江醉，明萧伴叶吹。
行装多艳丽，莫问某归期。

秋　闲

西山叶落小寒秋，暮霭疏林霞染头。
剪影镶金石径上，归来月色挽清幽。

秋夜偶题

曾未诗心改半分，沧桑世事淡红尘。
中宵独坐楼头雨，黄叶秋窗绿鬓人。

清泉寺敬香

晨车越市暖风熏，禅乐幽香十里闻。
游客盘山石径远，繁花叠翠老松殷。
俯身一拜得清静，颂佛三声忘世纷。
到此才知方外好，平心秀水共轻云。

闲　愁

韶光漫度水东流，一尺青丝百尺愁。
诗笔不堪抒意志，春风空自卷帘钩。
久居异域情难老，散落朱红恨未休。
明月江山千里远，十年枉我几凝眸。

无　题

长天望眼冻云铺，落雪无声覆野芦。
塞外只身寒愈久，玉门幽绪淡还疏。
心酸且饮三杯酒，体倦犹行万里途。
肯待江山同日月，春风一夜到乌苏。

春夜偶题

云纱幻影把琼卮，沉醉柔魂渐欲痴。
梦里丁香听软语，窗前月色入新词。
少年心事催人老，千古情怀恨柳知。
但爱红裙梅雪乱，那年陌上赏花时。

菩萨蛮

异乡只影游云客，薄衫无奈秋寒迫。念念更无休，悄然罗帕收。　　缘何缘聚散，风雨频吹。任我瘦清眸，连宵银月钩。

凤凰台上忆吹箫

零落梅花，残陈小径，随风漫卷轻愁。又暮春时节，独立桥头。心事皆如东水，流去也、怅惘幽幽。年年是，飞红泣血，涨绿凝眸。　休休，柳丝折尽，牵不住征帆，梦乱烟洲。渐望人行远，珠泪难收。堪那朝霞暮霭，都见我，遍倚云楼。真真怕，桃飘李飞，尽付渠沟。

赵予征

1922 生，山西沁县人。新疆生产建设兵团原副政委，新疆维吾尔自治区人大常委会原副主任。

读岑参诗述志

万里勤边事，一身无所求。
也知边塞苦，岂为子妻谋。

为农七师《奎屯晨报》题词

黄沙织锦绣，戈壁起新城。
创此奇勋者，原来都是兵。

参加六十六团老战士聚会

当年模范团，太岳美名传。
秦陇鏖兵急，戍边驻雪山。

庆祝香港回归有感

昔日明珠割与人，只因国弱受欺凌。
尔今狮醒一声吼，香港回归举世惊。

赵俊斌

1936年生，陕西彬县人。经济师，新疆纺织工业供销总公司原书记、副总经理。新疆诗词学会会员。

咏 枫

重霜洗礼透心红，云掩夕阳未改容。
不与群芳争色艳，枝头摇曳赏秋风。

咏榆叶梅

虬枝铁干久经寒，吐尽清香心底宽。
塞上风光应有份，辛勤抱果伴悠闲。

上老年大学

不堪寂寞砚频开，重入黉门不算呆。
岁月如同云缥缈，暮年犹似月徘徊。
寄情挥洒羞无句，尽兴推敲愧不才。
憨态皆因多懵懂，启蒙有路拜师来。

忆童年

硝烟散尽拜儒冠，犹记城隍午夜寒。
洪水无桥风浪险，峭崖有路眼光宽。
清油灯小照心亮，黄土村贫育志坚。
孤苦小家皆渴望，肩扛穷困上书山。

离家五十周年有忆

十五月明照暑霞，秋高气爽空青纱。
涛声晚入山神庙，孤影早离沟岸家。
犹记梨香红枣脆，难忘柿涩核桃麻。
往来九里坡中路，依旧弯弯一道斜。

咏 竹

一身正气守清贫，惯沐高风不染尘。
碧绿严霜舒赤胆，苍黄明月鉴虚心。
寒冬昂首姿多态，炎夏挺胸节有神。
壮志凌云无媚骨，每将三九当阳春。

赵彦良

1946 年生，上海市人。新疆生产建设兵团原文联主席，著名书法家。

南疆夏日印象

冰峰堆白雪，热浪卷黄沙。
造化真堪赞，丹青谁足夸。

游博乐怪石峪

时闻怪石峪，今日喜亲游。
有石都奇皱，无峰不兀幽。
神龟方顾岫，巨兽欲嘣流。
翠袖琴声出，依稀处蜃楼。

喀纳斯之春

万里松云翡翠山，多情湖水碧如蓝。
红鱼自在苍穹里，景似蓬莱人似仙。

从和田经沙漠公路至库尔勒车上口占

瀚海人皆称死海，沙山眼看是真山。
今朝筑就通衢路，千里梨城一日还。

阳羡纪游

春风一夜雨霏霏，万顷龙孙沐晓晖。
俯瞰南宫拜石处，如纱薄雾笼翠微。

参观宜兴紫砂精品馆

天生净土紫泥丰，造就元元百炼功。
炉火青纯烧铸里，荆溪河下鲤成龙。

乐山大佛

四川乐山有巨佛二尊，一坐一卧，坐者正处卧者心脏部位。天生呼？巧施乎？不得而知，遂似俚语记之。

默默冥思几度秋，超然坐卧两悠悠。
即心是佛天机在，映入嘉州碧水流。

胡云梯

1925-2009 年，号海星，湖南衡南人。新疆农业大学教授。朝花夕拾诗社社长、新疆诗词学会会员。

谒易安居士祠

一代词人是女豪，祠前松竹仰清操。
鬼雄人杰千秋颂，才藻超群器宇高。

谒王羲之墓

千竿修竹袅葱云，石冢一峦埋右军。
仰看虬龙随笔舞，青山绿水悼斯文。

望江楼忆薛校书

锦江桥畔望江楼，巷内枇杷几度秋？
久慕校书才思敏，十离诗境窈悠悠。

野　菊

郊外秋深风似刀，境严故尔笃情操。
霜容不惜三分瘦，傲骨犹存一格高。
修洁那堪居殿宇，耻攀甘自侣蓬蒿。
休言旷世无殊遇，千古相知五柳陶。

玛纳斯林场晚眺

雪山霞绮两交晖，远浦疏烟逐鹜飞。
塞北秋深霜菊瘦，江南水暖鳜鱼肥。
蹉跎岁月斯情在，潦倒风情夙志违。
一抹夕阳无限好，榆林蔼蔼暮云微。

踏莎美人·中秋感怀

教学科研，文章诗句，平生未被功名误。沧州客里又中秋，邀月举杯豪饮遣闲愁！　手稿成堆，汁挥如注，蓦然回首艰难路。峥嵘岁月逝如流，留得酸甜苦涩在心头。

如梦令·小醉

酷暑雨中消退，薄酒几杯轻醉。老朽且偷闲，头枕书堆酣睡。呵唯！呵唯！已是月光如水。

苏幕遮·乡思

故乡遥，湘水阔。家在衡南，默对天山雪。旧友橘林今似昔？四十春秋，梦里寻踪迹。　鬓今斑，齿亦缺。强打精神，久作他乡客。九十慈亲欣健吉。问暖嘘寒，相伴朝和夕。

千秋岁引·乌鲁木齐郊居

积雨初晴，疏枝嫩绿，迟到春风动林木。离离垅头草色浅，啁啁檐下雀声促。日徐徐，梦初醒，黄粱熟。　塞外不知时令过，闹市却安林间屋。篱下新栽有兰菊。归来赋闲愁昼永，手持庄子窗前读。悟人生，苦求索，一枝足。

胡西平

1933 年生，湖南湘乡人。石河子日报社记者。石河子诗词学会、新疆诗词学会会员。

中秋再游北湖　二首

（一）

归棹轻耕水，鸥鸟入晚天。
渔光明灭处，秋气动寒烟。

（二）

乱云吞皎月，湖上起危波。
听我击舟处，为谁发浩歌！

元　旦

寒楼独坐把诗玩，复取鸣琴续续弹。
一夜残灰成旧梦，引将红日染危栏。

过托克逊

走石飞沙日色昏，长风万里卷愁云。
忽然几道绿杨带，飘出一城花彩裙。

忆故园

天山雪锁上苍穹，挡得故园几万重！
长恨吾身不是雁，一年一度到湘中。

梦里江南

孤城一梦到潇湘，又作顽童立晓霜。
小石频抛冰上弄，几声清啸过池塘。

雨中别天池

王母遥知我欲归，柔丝长作白云飞。
流泉九转如离曲，袅袅依依伴客归。

登天山杂感

茫茫大漠尽尘埃，赖有天山豁我怀。
轻翅一声乘雾去，偶留鸿爪印苍苔。
西塞无风九丈凉，忽然昨夜陡加霜。
金樽纵使能驱冻，怎奈天山万里长！

中秋夜寄人

又是中秋望月时，京华梦影惹相思。
独持玉盏饮孤意，更抚瑶琴寄远痴。
露冷结成游子恨，风凉吹皱断肠诗。
扶栏频拜南飞雁，能否多驮一二辞？

铁门关怀古

襟山带水铁门关，古是戍楼多怨颜。
歌出苍山湿冷月，泪随碧水漂征衫。
朝云总挂狼烟影，暮霭常垂腥血斑。
万里我今来傲啸，春风一片绕朱栏。

黄昏过赛里木

九月西经赛里木，水来天际涌苍波。
山腰积雪寒中厚，湖畔游毡秋后多。
人马巍巍成剪影，牛羊隐隐似长坡。
车行黄草欲绝处，犹有犬声呼骆驼。

胡丽生

1935-2006 年，女，湖北黄梅人。新疆生产建设兵团商业局退休干部，会计师。新疆诗词学会会员、兵团诗联家协会理事。

忆 母

母亲常打我，转瞬忘干净。
夜半搂怀中，问儿痛不痛。

看 戏

台上可风光，粉脂浓抹香。
曲终人散后，寂寞卸红妆。

天山雪松

赤胆表丹忠，清歌唱大风。
名高君子首，位列九卿中。
豪气夺风骨，凛然敌火龙。
秦皇重亮杰，独表大夫松。

和田玉

玉龙河畔现真身，风骨不染半点尘。
亿万年来长等待，相逢俱是有缘人。

颂秋瑾

秋风萧瑟过天河，冲破王朝封建窝。
义胆侠肝酬壮志，人间长忆凤凰歌。

西公园赏菊

塞外黄花碧玉胎，精神抖擞傲霜开。
枫林晚照相辉映，犹带幽香入梦来。

夏夜吟

黄昏暮霭锁书窗，竹雨松风良友双。
敲句心随莲影动，推窗人与月光撞。
无言诗酒谪仙醉，有恨歌吟后主降。
三径幽香人未寐，渔舟灯火映沧江。

草原黄昏

牧童羌笛送斜阳，远树烟村暮色苍。
云往天山吟绿韵，风回瀚海奏清商。
挑灯细读大鹏赋，静坐重温曲水觞。
戈壁草原迎皓月，漫天星斗落桑乡。

读李白《将进酒》

高情旷达逐清流，诗酒难消万古愁。
一气高呼卖宝马，千金散尽典貂裘。
山前枫叶红如火，雨后青莲色更幽。
生死大名垂宇宙，横空皓气胜王侯。

南文英

1932-2007年，陕西渭南人。新疆生产建设兵团原宣传部副部长、诗联家协会主席。

军垦情语

流年五十志未消，汗血三代化碧涛。
金戈露冷非有恨，铁马声咽为降妖。
耕云播雨神农手，天工天物鲁班镐。
大漠滴翠花似锦，瀚海珠明玉生娇。
豁然一衢通欧亚，丝绸新织友谊桥。
赛外江南般般好，华夏月明一轮娇。

雨中探幽

胡杨河上探胡杨，柽柳沟藏锦绣乡。
度假当游太阳岛，月亮湖边共飞觞。

一三O团团史展观后

春光似火赋春歌，换地改天费咏哦。
共颂三杯同一醉，蹉跎岁月韵情多。

共青城一三O团团史展

猎猎红旗蔽云天，激情似火话当年。
拉沙改土一双手，拓荒造田两肩担。
拽犁人惊千秋梦，戈壁滩盖百花园。
莫道珠黄颜色老，共青泉水涌香甜。

冒雨初访胡杨河

风萧萧兮雨潺潺，胡杨河里人欲仙。
太阳岛上夸柽柳，月牙湖畔弄渔船。
通幽一径亭玉立，夹道两山木参天。
何当秋高霜降日，一抹红霞叶斑斓。

一剪梅·重访奎屯

春雨知时洒万家，驱车天涯，寻芳天涯。十年一梦惊物华，高楼林立，田园如画。　　边塞诗家聚广厦，笑语喧哗，诗兴勃发。强师不忘大文化，商海富甲，艺苑奇葩。

柏成英

1942 年生，上海市人。新疆生产建设兵团农七师 126 团中学教师。新疆诗词学会、奎屯诗词学会会员。

五道泉之秋

远黛流轻雾，蒹葭舞絮花。
波澄凝暮霭，树碧醉秋霞。
骈鹿驰芳草，孤鸿宿细沙。
泉边垂钓者，斜雨不回家。

艾比湖纪游

艾比湖边春寂寂，嫣红姹紫映沙堤。
蝶穿花蕊疑迎客，絮落梧枝欲着衣。
浪动金鳞游水浅，苇开白鹭向天低。
平生似有此湖约，满目风光道路迷。

卜算子·雪莲

洁傲绽天山，喜伴云霞涌。铸就冰心玉质身，随雪终年冻。　　生厌媚春风，只把严寒弄。绿柳红桃莫笑呆，耻附繁华梦。

星　汉

1947 年生，姓王，名星汉，字浩之，山东东阿人。现为新疆师范大学文学院教授。中华诗词学会副会长、新疆诗词学会常务副会长。出版有《天山东望集》等 17 种。

车师古道行

车师古道难，夏日飞雪寒。
车师古道古，脚下犹是汉唐土。
车师古道险，山水狰狞脸。
车师古道长，亥步三番踏朝阳。
羲轮推上火焰山，轻装单衣尚汗颜。
百里行程天山口，阴风偷袭呈刁蛮。
何年山下来神鸟，产卵万千连空杳。
冰河孵化欠春温，化成石卵同天老。
苍鹰横空带雪来，乾坤顿时显阴霾。
又凭健翅扇云裂，一块青天山顶开。
层冰乱石未见路，但闻幽泉冰下怒。
我用平心破险艰，前程何须嗟日暮。
巨石背后稳扎营，白草招风无须惊。
莫愁夜长天不亮，我有鼾声落繁星。
当途更见岩石画，悬崖都向半空挂。
难为当时牧羊人，悠悠知是几春夏？
琼达坂上寒日高，琼达坂下雪没腰。
滑落背包登山杖，然后翻滚下碧霄。
山北多云树，蒙雪披缟素。

青白衬蓝天，还将奇花护。
山北多奇花，蒙雪罩婚纱。
纵使无人顾，生死在天涯。
云树奇花知心友，任尔健美我老丑。
白云苍狗变幻频，不死依然朝前走。
走走走，行行行，头道桥，脚步停。
三宿帐篷收星斗，翻山抖落古北庭。
雪水满涧随我出山外，洒向大漠又见一年青。
天山白头我白头，天山有愁我无愁。
挑战天山皆好汉，好汉之中我最健。
徒步十余人，唯我过六旬。
自古往来多武将，戍边西域胸胆壮。
当年千军万马千生万死挥剑戈，
至今千峰万壑千秋万古皆无恙。
可惜未能留诗文，天山为此添惆怅。
今朝我来奇景催人佳句多，
大放粗豪面对天山冲霄唱。
哟嗬嗬，大放粗豪面对天山冲霄唱！

与维吾尔友人库尔勒普惠野炊

相看同一笑，酒袋挂高柯。
红柳烧残日，胡杨饮大河。
拾柴鱼待烤，试马手频搓。
我怕伤豪壮，吟诗不敢多。

再过荒漠

葡萄新酿酒，一饮便忘形。
柽柳红欲紫，高天蓝更青。
心情瞻马首，诗句挂鹰翎。
岂料狂歌后，秋风亦自停。

过阿尔泰山遇雨后晴

山中一阵雨，秋色欲平分。
逢涧皆腾水，无松不挂云。
板桥留野爪，天马载余曛。
何处牧歌起，清风送耳闻。

惠远古城遗址

萧萧古木废城垣，人事难回岁月迁。
一道伊犁呼啸水，犹追落日漫西天。

过巩乃斯沟

滴翠妖娆雨后声，书生向老淡风情。
青山却似当垆女，不醉今宵不放行。

阿拉山口登瞭望哨

登高西望是邻邦，羞说当年属汉唐。
却羡风云胜于我，悠悠依旧过边墙。

那拉提草原夜步寻诗

莫贪杯酒负今宵，步出穹庐过小桥。
犬护牛羊随地卧，树擎星斗带风摇。
雪峰月照来千古，野路云遮剩半条。
趁此清凉且归去，不留诗句到明朝。

丁亥夏游天山神木园

天神何日过边庭，踏落高天一片青。
古木千年皆老丑，清泉数道响空灵。
闲云惧热难成雨，残日敲山散作星。
我与肩头众飞鸟，齐声吟唱各忘形。

夜雨宿西天山白石峰下

云囊收去满天星，尽把粗豪放胆行。
莫与牛羊同入梦，但知天地可通情。
三间板屋依崖壁，一夜松涛伴雨声。
料得明朝溪涧水，出山又作不平鸣。

己丑首夏，徒步经车师古道翻越天山，小儿剑荻侍

莫言今日性情粗，却认天山是故吾。
威猛金雕盘雪落，癫狂碧涧带风呼。
帐篷三宿收星斗，囊橐千峰尽画图。
老子平生何惧险，前程不用小儿扶。

沁园春·鄯善县南库木塔格沙漠已辟为景区，中有班超父子沙雕像。乙酉初冬，与新疆诸诗友游此

这个沙盘，天地生成，向我移交。似九州形胜，收藏此地；千秋岁月，凝结今朝。两汉戎旌，三唐铁马，路过谁曾正眼瞧！今来者，是扪天吸海，酒圣诗豪。　　黄沙白草青霄，伴山下红旗拂日飘。看生机风起，丝绸古镇；雄心泉涌，戈壁新潮。永捧金瓯，遥铺画幅，更待挥毫放胆描。君知否，有书生报国，不亚班超。

西江月·阿姊开车带我绕赛里木湖

换了大型玩具，汽车又载童年。雪山白发两高悬，只是心情未变。　　犹记家乡教我，似乎今日依然。湖心岛外转圈圈，画个几何图案。

水调歌头·丙戌夏日红其拉甫哨所作

耳际轻车喘，仰看路盘盘。云中气浪冲下，千里卷寒泉。晓日一轮飞起，导我昆仑深处，哨所赤旗翻。几点军装绿，犹可衬蓝天。　　御长风，收晴雪，揽冰山。此间多少清冷，盛夏富资源。分撒大江南北，揩我工农汗雨，重任压双肩。归去今宵梦，总在万峰巅。

沁园春·重登喀纳斯湖观鱼亭

塞外新秋，我又重来，笑倚雪山。正冰峰直上，青天湛湛；瀑流倾下，白浪悬悬。荒草拦腰，闲云遮路，不放游人再溯源。回眸处，瞰松林毡帐，犬吠雕盘。　　区区恩怨如烟，更远拓诗疆随牧鞭。想挥风送韵，江河联句；行杯对日，泰华张筵。两宋苏辛，三唐李杜，振羽谁曾至此间？微吟罢，但凭高酹酒，总觉清寒。

钟兴麒

1935 年生，湖南双峰人。新疆维吾尔自治区地方志编纂委员会专职委员、《新疆地方志》主编。新疆诗词学会会员。

五十有感

久把他乡当故乡，三湘四水总难忘。
家贫赐我身心健，师厉诲人情意长。
路石铺成知体累，嫁衣缝就为人忙。
欲随大雁归湖楚，瘦马荒原恋塞疆。

段一鹏

1937年生，河北鸡泽人。新疆煤田灭火处学校原校长。系中华诗词学会、新疆诗词学会会员、乌鲁木齐诗联家协会副会长。

天山

天山西域耸，皓首向穹苍。
日月怀中过，风云腹里装。
雪融松滴翠，水润稻飘香。
民族同繁衍，人和祖国昌。

登菊花台

紫气凝南岭，黄花绽草原。
青松迎远客，溪水弄柔弦。
虹霓一城梦，白云四野闲。
人生多困厄，此处释忧烦。

博格达峰

伟躯凛凛向穹苍，寂寞魂灵觉梦长。
借得斜阳光一缕，燃冰煮雪济农桑。

水磨沟温泉

苍榆翠柳伴亭廊，一脉温泉总似汤。
人说塞疆冰雪地，山河原是热心肠。

咏沙枣

历尽风霜不自哀，几星春雨已萦怀。
芳心耻去邀嘉赏，日暮篱边寂寞开。

乌拉泊古城

颓壁残垣一地衰，还从陶片认轮台。
碛中白草自春色，湖畔野花迎日开。
古塞犹存唐将梦，新城已耸博峰怀。
殷勤最是天山月，或缺或圆循例来。

鄯　善

黄沙绿树两相安，西域风光鄯善全。
宗教盛衰藏峡谷，文明中外汇楼兰。
驼铃丝路旅人梦，云影烽台大漠烟。
几度废兴输史册，新城景色艳空前。

乌伦古湖

一鉴阿山岭畔开，天光云影共徘徊。
谁将碧海藏戈壁，更遣柔情靖漠埃。
造物每呈惊世作，自然善运匠心裁。
我来恰遇风兼雨，水气涛声满客怀。

胡杨赞

大漠有神木，其名曰胡杨。伟躯摩苍宇，遒根破洪荒。兀自立绝域，展叶泼青黄。不畏寒暑袭，何惧恶沙伤。力难赤心在，笑傲风雪狂。三千岁月里，生命创辉煌：千年身不死，铁骨历沧桑；死亦不屈服，千年立斜阳；即使卧沙碛，千年仍刚强。壮哉英雄树，中华精气藏！

沁园春·送别

远黛苍茫，最恨别时，柳色犹青。看夕晖染坞，流云合璧；残垣惹絮，碧树含英。乌鹊归巢，牛羊入栅，溪水缘何恁绝情？东流去，激层层细浪，带走山盟。　　休言渺渺归程，任蜀道崎岖情自萦。将丝丝春意，付诸彩笔；重重离绪，寄向瑶筝。四载描眉，一朝洒泪，寂寂高楼莫独凭。残灯下，念鱼书尺素，堪慰平生。

段必瀛

1931 年生，河南偃师人。长期从事新疆部队建设工作，已离休。现为中华诗词学会、新疆诗词学会会员。

观礼花

流光溢彩洒高楼，火树银花喷不休。
五十欣逢华诞夜，万方乐奏有庭州。

开　荒

古今军旅吃公粮，服务人民竞垦荒。
踏遍深山寻雨露，绿洲片片稻花香。

边城雪

五月雅山风似刀，边城彻夜雪花飘。
天明放眼观林圃，玉琢琼珠满树梢。

颂香港回归

百年国耻实堪伤，大略邓公多主张。
一自驻军香岛日，米旗降落赤旗扬。
一邦两制谱新章，归梦圆时愿亦偿。
从此明珠还合浦，紫荆怒放万年香。

出　塞

从军西出玉门关，手捧丹心志戍边。
踏破昆仑冰万仞，穿行瀚海路三千。
休言宿露餐风苦，最喜征天斗地艰。
戈壁沙尘葱岭雪，巡逻日夜保平安。

满江红・颂红军长征

动地惊天，两万里、风餐露宿。想当日、泸桥强夺，金沙飞渡。两越乌江惊敌胆，四穿赤水奇兵出。挽狂澜、重整旧山河，风云路。　过草地，难果腹；爬雪岭，单衣裤。更等闲笑看、敌军围堵。革命健儿钢铁铸，红旗漫卷擎天矗。到而今、举世继长征，康庄步。

西江月·老战友聚会

喜报重逢津沽，盛筵满摆时鲜。欢声笑语话当年，战地风流不减。　　忆昔皋兰结伴，军歌引渡天山。幕天席地斗霜寒。一笑平生无憾。

姜登榜

1941年生，河南太康人。新疆福海县第一高级中学教师。中华诗词学会、新疆诗词学会会员。

红 柳

根植荒原处处家，笑迎霜雪抚风沙。
翠青丛里红白满，如火如荼瀚海花。

咏仙丹

遭贬亦非坏事情，人间沃土胜天庭。
当年不到洛阳地，岂有名花举世倾。

后来者居上

奥运迄今逾百载，病夫贫弱几无缘。
睡狮怒吼惊天地，国际体坛能占先！

登五泉山

再到兰州惊巨变，老翁乘兴上皋兰。
黄河源远钟灵秀，泉水流长惠黎元。
丽日当空城似画，白云载客我如仙。
欲寻大将挥鞭处，难仰雄姿意怅然。

胥惠民

1940年生，陕西蓝田人。新疆师范大学文学院教授。中国红楼梦学会、中国水浒学会、中国三国演义学会理事，出版有《现代西域诗钞》等多种。

赴阿克苏道中望却勒塔格山

赤裸山川地不毛，女娲炼石变枯焦。
观音倘借净瓶水，定使童山起碧涛。

龟兹道中

骆驼刺长卧黄沙，红柳如烧映晚霞。
暮霭沉沉迷远路，左公柳下即为家。

姚铁山

1940年生，山西榆社人。新疆军区原政治部少将副主任。新疆诗词学会顾问，军旅画家。著有《姚铁山飞鹰诗画集》。

赞边防将士

乱云飞渡驭风来，久战沙场大将才。
一旦狼烟边塞起，扫除邪恶净尘埃。

冰山哨卡

哨卡冰封刺骨寒，官兵雄踞铁门关。
边疆万里金汤固，马革何需裹尸还。

大漠胡杨

戎装信步自悠游，金色胡杨无尽头。
魔鬼城边落迷雾，夕阳斜照画图秋。

草原一瞥

草原四望意无穷，绿浪轻翻拂小风。
遍野牛羊花朵里，牧民尽在笑谈中。

飞鹰诗五首

横空出世展雄姿，碧宇无垠任尔驰。
长啸一声惊朔漠，豪情助我写鹰诗。
苍鹰独立太行时，振翅凌风备战衣。
披满朝霞西域去，一天星斗到龟兹。
晴空万里艳阳天，道路崎岖总向前。
莫问征程凶险事，穿云破雾一年年。
张开两翼雕翎箭，孤兔匆匆各自逃。
眼似流星嘴似刀，仰天长啸入云霄。
旭日东升照大鹏，凛凛浩气贯长虹。
腾踪万里巡寰宇，胜利归来唱大风。

誓守中华第一山

千里征途不畏艰，红星闪闪照边关。
冰封绝壁人难进，雪锁悬崖马不前。
脚下团团云雾滚，胸中股股热潮翻。
提心吊胆登天路，誓守中华第一山。

贺锡开

1941 年生，重庆江津人。阿克苏九中原工会主席。曾为阿克苏诗词学会秘书长，现为新疆诗词学会理事，出版有《贺锡开诗书集》。

咏棕树

穿上新衣弃旧袍，年年岁岁领风骚。
何须忌恨操刀手，抚就伤痕步步高。

去重庆夏坝镇得咏

黄山不上去渝州，老到无求好旧游。
绿水青山看不够，农夫世界胜王侯。

迎　春

才偏性直路难通，孤苦身心盼彩虹。
偶有欢娱何作乐，时逢年节懒追风。
不随虚假常遭罪，慢看奸雄尽蛀虫。
若得腾云天外去，死生尽在笑谈中。

江城子·登天山

雄才大略好登山。只知攀，不知难。勇向前冲，何惧路途艰！历尽艰辛倾其力，回首望，是蓝天。　　千山万壑似平川。俯身看，尽奇观。沧海横流，壮丽出天然。一地风光谁可拥？高境界，自超凡。

江城子·咏梅

冰封世界一朝晖。踏春雷，任风吹。玉洁冰心，独立不相随。洒向人间都是爱，风雪里，报春归。　　一身傲骨怕它谁？敞心扉，不言微。岂与凡花，争艳斗芳菲。欲敌坚冰倾其有，轻上阵，好轮锤。

水调歌头·关帝庙怀古

十载磨成剑，横扫大江东。丈夫何计得失。温酒斩华雄。历史英雄改写，家国人民创建，我辈岂为虫？无限江山好，看剑舞东风。　　谁同路，相携手，共张弓。决意过关斩将，何惧路重重。为将疆场杀敌，为相尽忠报国，岂与小人同。立着为条汉，卧着是条龙。

江城子·酒徒歌

人生能醉几多回！莫须吹，醉拳挥。不服谁来，狂饮不停杯。得意之人请莫笑，钱算啥？纸灰灰。　　家财万贯又留谁？被人追，后人危。你我无多，不怕黑心锤。有酒拿来人共醉，君莫问，世人非。

临江仙·咏瀑布

激浪腾空倾欲倒，隆隆气浪尤高。翻江倒海势如潮。癫狂任已要，愤怒永难消。　　注定征途遭坎坷，岂能错乱航标。心中欲望早燃烧。奔驰归宿地，誓与海同号。

临江仙·闲咏

口是心非我亦会，只因性格天生。岂凭得失乱弹琴？身心早已碎，寻觅是知音。　　纵有机缘也是错，真诚自可清心。苍天爱醉老好人。无钱好放弃，落得一身轻。

捣练子·思

挥泪别，影儿空。望断天涯路几重。无奈今生情谊渺，身心皆在有无中。

江城子·老顽童

人生最是老来红。不追风，不称翁。壮志豪情，犹唱大江东。守得真诚人不老，无限味，在其中。　　山川壮丽使人雄。聚高朋，气如虹。立马昆仑，登顶我为峰。握得人间大手笔，挥浩气，舞苍穹。

临江仙·命运

久困之人心里急，何时吐气长空。边陲雪化谷雨中。江南瓜果熟，北国待春风。　　不是家乡我不爱，只因老到途穷。如今我亦是工农。几回梦里笑，莫怪运不通。

骆少萍

1930 年生，广西武鸣人。工程师。系中国楹联学会、新疆诗词学会会员。

乙亥冬重访伊犁路过果子沟怀旧

岁暮仍为客，江湖落拓行。
常怀闺里意，不负塞垣情。
岭雪添新思，云根辨旧程。
红尘多障眼，野鹿望中生。

车过玉门

铁马长嘶入玉关，此身又喜得生还。
从今已遂江湖愿，归卧庞城粤海间。

安陆市府河桥晚眺

涡水桥头夜倚栏，星光渔火映江干。
此身倘作长流水，归宿应为严子滩。

深秋访洛阳古都

桐叶凋零露井寒，古都风物已阑珊。
游人不必添惆怅，且待来年赏牡丹。

初秋夜雨喜故人过访

秋风飒飒带重门，人事萧条那忍闻。
寂寂江山摇落处，西窗寒雨夜逢君。

秦登文

1928年生，河南宝丰人。兵团农八师一五〇团中学教师。石河子诗词学会及新疆诗词学会会员。

蚁 冢

西山有蚁穴，衔末以为冢。
高可八尺许，傍坡隆如拱。
土人诫谆谆：慎勿妄触动。
疑是妖魔窟，望之毛骨悚！
却顾毗邻处，另一蚁冢耸。
形同而垒小，冢高才过垅。
毛苫覆何壅，凝聚一何拢。
有蚁百许头，进出自有孔。
导游以杖进，捣开蚁如蓊。
顿时天地乱，漫山尽汹涌。
仓皇夺路遁，三两已着踵。
既悔轻妄举，更佩物类勇。

客牧民小帐篷

阿凡提置酒，邀客过桥西。
同进蘑菇帐，巴郎绕膝嬉。
锦毡开眼界，酸奶润心脾。
送别东廊下，藤萝恋客衣。

答友人

长忆少时友，格田共影形。
磋磨鱼得水，漂泊浪推萍。
梦里文章事，吟边翰墨情。
关山传雁讯，为道伏牛青。

悼庭瑶

当年饯我塞疆行，汝水潺潺不尽情。
昨夜汝河重入梦，酸眸乱石断肠声。

谒王震将军铜像

将军伫马豁眸时，戈壁明珠出世期。
十万雄师抡镐舞，一犁军垦抒情诗。
绿洲如画丹心绘，白发凝霜碧血滋。
再造辉煌儿辈事，像前拜谒一沉思。

奉和唐世政公绿洲感怀

挥锄玉塞写春秋，汗酿甘醇润绿洲。
旷史多闻怨鬼泣，红楼哪见去人愁。
献身宁共风沙尽，酬志须当稻黍谋。
塞北江南歌一曲，豪情还我少年头。

述　怀

塞外春秋不计年，童心未歇鬓先斑。
五关漫说当年勇，三矢应知老将残。
梓里彦贤皆俊秀，龙山红紫竞天妍。
迢迢南北情何限，心逐春风到故关。

咏营林工

天山松柏四时春，涂黛染青娱众宾。
游客但知峰色秀，谁人能识造林辛。
催芽昼夜操劳细，除莠万千针刺频。
岩罅插秧云绕岫，格床弄绿汗滋尘。
三龄满寸方移圃，十岁成株始定根。
造福后人为乐趣，赏松可解育松人！

袁正祥

1929年生，青海民和人，新疆农业大学图书馆原副馆长、副研究馆员。现为新疆农业大学朝花夕拾诗词学会会员、新疆诗词学会会员。

红光山拜谒释迦牟尼铜像

胸怀卍字集，品貌普天殊。
十万金身耸，于民降祉乎？

知友别

分别晓寒秋，无言热泪流。
风摧花木谢，霜涤鸟虫惆。
呓语倾心事，黄粱叙阁楼。
重逢千盏少，愫合两心头。

重游天池

重览天池水一方，多年未睹更风光。
兴修道观青山下，营造板墀碧泽旁。
缆斗豪车迎送客，白云瑞气激吟吭。
游人尽醉痴如梦，错把雄鹰当穆王。

渔歌子·重阳

九九重阳岁岁时，黄花独放傲霜枝。登福寿，眺天池，白云深处隐寒姿。

【注】

福寿即福寿山，俗称妖魔山，亦即今之雅玛里克山。

袁岗岳

1922年生，湖南湘阴人。高级教师。曾任新疆生产建设兵团农一师一团中学校长。中华诗词学会、新疆诗词学会、阿克苏诗词学会会员，著有《短笛诗词集》。

军垦竹枝词

娘子军旗率铁骑，三更灯火五更鸡。
练兵场是生荒地，破晓东方第一犁。
天山雪岭接棉田，雪与棉花一色妍。
笑煞新来川妹子，棉花开上九重天。

老兵抒怀

当年慷慨戍边疆，一把锄头一杆枪。
戈壁荒原劳战马，地窝村落立门墙。
丝丝白发窥霜鬓，寸寸丹心向太阳。
若问壮怀犹几许，雕弓满月射天狼。

除夕车过铁门关

层峦叠嶂铁门关，羽檄宵征十八盘。
林海车灯星点点，云崖骑影步姗姗。
千峰立雪迎春晓，一泻飞流语岁寒。
极目焉耆城外望，银花火树夜阑珊。

春望

寻芳托木尔高峰，大漠雄关一览中。
扑地明珠添海市，凌霄井架吐油龙。
春风骀荡三边靖，紫气氤氲两岸通。
策杖林泉怀盛世，心随九五越时空。

玉楼春·军垦赞歌

挥锄垦殖三千亩，塞上长城歌大有。朝朝暮暮雨晴天，铁骑钢枪严戍守。　　开渠百里凭双手，挑走沙色控红柳。如今一片米粮川，往日愚公犹抖擞。

鹧鸪天·边陲春思

沙枣花香又报春，子规声里转蓬身。衡阳归雁悲孤雁，云梦离魂怨旅魂。　　曾记得，黛眉颦，问余何事老风尘？那堪迟暮驼铃客，长作芙蓉梦里人。

袁治章

1924 年生，山西保德人。新疆维吾尔自治区原教委党组书记，现为新疆诗词学会顾问。

春游天山观冰川

天山何磅礴，四月尚飞雪。
达坂绕冰川，泊泊向阡陌。

赏梅花

三月梅花一片红，无忧岁月乐融融。
青山不老丹霞蔚，淡淡幽香道不穷。

聂赐伯

1927 年生，湖南衡阳人。新疆生产建设兵团农二师《绿原》报原总编。新疆诗词学会会员、兵团诗联家协会理事、巴音郭楞蒙古自治州《丝路风情》主编。

大州沧桑歌

恰遇东归节，巧逢知命年。
回眸半世纪，兴奋难入眠。
幅员冠华夏，水草广无边。
头枕天山雪，脚濯昆仑泉。
胸含五河水，乳哺两平原。
路接丝绸地，货通黑海边。
东归亲祖国，兄弟大团圆。
拓边张博望，两度出阳关。
凿路十三载，历经险与艰。
从戎班定远，投笔赴边关。
饮马孔河谷，通商至海湾。
汉唐到清末，远戍且屯田，
开垦超百万，兵农共固边。
征西称左帅，杨柳度玉关。
铁塞歼浩匪，湘军善把关。
有清林少穆，勘探美名传，
三屯广积谷，驿站紧相连。
虎将王胡子，挥师靖天山。
救民于水火，为众纾倒悬。

屯垦疆南北，戍边到金山。
开都第一犁，垦来艳阳天。
亲驾拖拉机，耕耘黑土田。
官兵司稼穑，粮肉自包干。
巨手描红线，渠誉十八团。
渠成水到日，司令笑开颜。
滚滚开都水，洪流自九天。
惊涛入山洞，蓄势成电源。
喷珠又吐玉，照亮大草原。
牛马如云涌，农牧各族安。
漫漫荒沙滩，休眠几万年。
英雄接踵至，会战大油田。
火凤连天际，井喷生紫烟。
古来征战地，输气暖江南。
钢龙东土来，铁塞门洞开。
金桥连南北，僻乡起楼台。
沙漠公路畅，轮台通于阗。
从前半月路，今日旦夕还。
车向若羌去，沙包两面掀。
昔时搓板路，而今平坦宽。
且末玉石纯，若羌桃枣鲜。
物流无阻滞，外销睦周边。
州府库尔勒，原是一回庄。
百年前驿站，往返换马场。
地州合并后，车水马龙忙。
路扩八车道，来回龙马骧。
香梨称皇后，美誉五洲扬。

油馕手抓饭，烤肉喷喷香。
琼楼迭峦起，超市竞开张。
南库北乌局，外宾任徜徉。
孔雀河滨道，原为巴扎场。
风景带建成，巴扎变浴塘。
每值消夏夜，游客来八方。
泳者善戏水，纵身下河床。
水是山泉清，月是故乡明。
嗟尔乌鲁克，沧桑足为凭。
古唤无人村，水涸人远行。
多亏党指引，水利举红旌。
汩汩长流井，甘甜润众生。
荒村成闹市，大漠凤龙腾。
半纪东风劲，广开幸福程。
大州生巨变，多谢启明星。

访米兰河

驱车重访米兰河，两岸平畴喜事多。
电站明珠呈异彩，万人争唱老兵歌。

莲湖荡舟

一叶扁舟一叶萍，晚风吹我人沧溟。
荷花深处渔歌起，恍若吟身在洞庭。

割　苇

西风萧瑟雁南归，密苇丛中凫竞飞。
霍霍声腾如破竹，芦花吹送染征衣。

沁园春·红旗颂

镰斧交辉，旗举南昌，直插井冈。听黄洋炮响，成城众志；娄关蹄碎，似血残阳。漫卷西风，扶摇直上，云淡天高与雁翔。爬铁索，闯刀山火海，强渡乌江。　　历经八十沧桑，有多少英雄赴国殇。忆董郎舍己，炸碉开路；继光取义，堵堡歼狼。一代楷模，铁人进喜，石油会战创辉煌。朝西望，正红旗猎猎，无限风光。

贾存岭

1955 年生，山东商河人。新疆昌吉回族自治州热源厂办公室主任。新疆诗词学会会员。

追 梦

梦里上山冈，来当牧马郎。
红云添数朵，蹄下散馨香。

又过北戈壁

戈壁今披粉黛装，生机勃勃靠顽强。
莫言南国荷莲好，红柳花开有异香。

贾启明

1933 年生，湖北宜昌人。曾任乌鲁木齐陆军学校文化室主任。

坚守边塞　二首

（一）

闻鸡起舞守昆仑，苍莽雪山分外亲。
北调飞回桑梓去，遥知柳岸杜鹃新。

（二）

寡母孤坟守大江，男儿瀚海戍边防。
惟期万户春常在，死别生离梦亦香。

夏运华

1953年生，湖北广水人，新疆维吾尔自治区教育厅职员。新疆诗词学会会员。

诉衷情·纪念毛泽东诞辰一百周年

悠悠一曲长空：想念毛泽东！歌声不息何故？领袖在心中！　翻旧宇，换乾坤，拄苍穹。满门英烈，两袖清风，今古谁同？

满江红·抗震救灾

痛彻神州，情牵处，汶川遭劫。桥坍房倒，山崩地裂。闹市须臾残废遍，亲人多少阴阳隔。听九州骨肉断肝肠，声呜咽。　胡书记，筹良策；温总理，率前列。有八方兄弟，倾情关切。热血如潮川北涌，泰山压顶双肩接。任天灾纵似万重山，从头越！

水调歌头·战洪图

一曲歌头调，热泪唱英雄。万里江堤壁垒，八一大旗红。树杪汪洋救女，浪里残垣背媪，臂挽激流中。血肉铜墙铸，浩气锁蛟龙。　　保大庆，护洞庭，战洪峰。个个冲锋陷阵，仿佛战场同。将士前方拼命，民众后方捐血，总理率前锋。能把天公胜，何事不成功！

赠山东援疆教师

衣服常穿旧，脸盆能用漏。爱情七色花，友谊陈年酒。君引趵突泉，我浇沙漠柳，今生兄弟缘，一路乾坤寿。

水调歌头·喜迎回归

完璧新归赵，合浦又珠还。殖民旗帜摇落，两岸尽开颜。玉树琪花灿烂，楚舞吴歌腾沸，九域庆团圆。国盛群星拱，谈笑复河山。　　图大统，施两制，共婵娟。世纪新图待展，锦绣绘明天。华语华人华夏，龙子龙孙龙种，双手抱成拳。海峡孤舟子，何日启归帆？

鹧鸪天·喀纳斯秋韵二阕

瑞士风光不用寻，阿山秋色更迷人。彩泼群山千幅画，树妆碧水一湖金。　　炊烟袅，晓霞纷，白云片片是羊群。顽童兜满山珍果，木屋香盈大碗醇。　　木屋排排秀水临，红松牵手白桦林。朝霞骚动牛羊马，夜幕沸腾图瓦人。　　摔跤舞，马头琴，照天篝火最销魂。姑娘不尽深情曲，小伙难收烈火心。

临江仙·过沙漠公路

满眼黄沙起伏，几丛红柳峥嵘。苇墙千里护长龙，空中云几朵，路上土无踪。　　昔日人愁死海，今天我借东风。单车西去自从容，轮台挑早点，午饭选民丰。

顾 及

本名顾菊生，1935年生，江苏武进人。1959年支边新疆工作，退休后为新疆生产建设兵团农七师文联金三角书画院创作员、奎屯市诗词学会会员、北京诗词学会会员。

秋 韵

冷月摇千树，清泉洗落霞。
金风催败叶，红雁唳天涯。

品 友

云无空碧在，天静月华流。
竹菊梅兰品，从容到白头。

变 迁

边陲无处不飞花，日出东方障彩霞。
野兔黄羊奔跳去，而今楼厦万千家。

无 题

朔风万里白无涯，呵冻挥毫效大家。
最是隆冬清景里，先生教我画梅花。

缅怀老人

残月孤灯牛马圈，怜儿惜老抱团眠。
红柳梭梭先哲苦，一股辛酸肚时咸。

缅怀战友

梭梭红柳共窝棚，暑往寒来手足情。
而今楼厦腾腾起，常怀昔日拓荒兵。

自　道

爱君几度抚天良，俯仰平生慨而慷。
贤哲诗书千遍读，凛然道义一肩当。
少私寡欲神常逸，素食布衣梦亦香。
一捧冰心投皓月，微忱若水自清凉。

老兵抒怀

屯垦戍边五十秋，官兵十万汗同流。
三千仄径沙尘苦，万顷平畴稻麦柔。
大漠骆驼知地理，蓝天白鹭立芳洲。
丝绸古道琼楼起，新辟庄园好旅游。

怀邻居上海支青周新华[1]

宝贵浮云未足夸，勤劳节俭始成家。
新苗培育英才谱，华树催开道德花。
松影幽幽君有慰，江涛滚滚梦无涯。
远方时有思君泪，化雨长空海上斜。

【注】

① 周新华，是我在兵团农七师团场的邻居，后返上海松江老家，故赋此寄托思念。

奉和纪昌盛先生《重阳登高》

遥吟送目彩霞边，每每金鸡唱不眠。
诗意情怀明月夜，丹青翰墨艳阳天。
何愁白发三千尺，平步青云一万旋。
黄叶秋风飘拂处，凌霜傲骨菊尤妍。

顾安才

1964年生。江苏泗洪人。中国人民银行新疆克孜勒苏柯尔克孜自治州支行公务员。新疆诗词学会常务理事。

迈丹边防站纪行

四周岭作墙，杨柳扮军装。
一脉蜿蜒水，高悬掩体旁。
萧萧戈壁风，边卡汉唐情。
绿洒深山处，心由子弟兵。

迎春寄意

一肩星月一肩霞，寄语昆仑祝岁华。
最喜梅花春意闹，雪如丝絮漫天涯。

江城子·喜迎建国五十周年暨澳门回归

同看煦日丽中天。绿荷妍，舞翩跹。不再伶仃，姐妹两珠还。遥想百年旧事，今雪耻，尽开颜。　　恰逢国庆唱团圆。再扬鞭，慰轩辕。寄语台湾，民族正争先。待到金瓯无缺日，新世纪，共婵娟。

少年游·邙山野望

从来风雨会中州，刀剑划鸿沟。古歌一曲，抗倭北上，烽火熄荒丘。　　花园口外宏图展，平地矗琼楼。油菜花黄，麦苗吐秀，情涌越山头。

徐乃春

1917 年生，字申甫，浙江绍兴人。新疆博乐市第四高级中学教师。中华诗词学会、新疆诗词学会会员，博州老年诗书画学会名誉会长。著有《退颖龛吟草》。

重到乌鲁木齐

七年重到此庭州，触目迷离味旧游。
展望立交桥网布，每惊贯串轿车流。
繁华非仅大十字，区市还骇水磨沟。
建设日新还月异，边疆首府见宏猷。

留别博州

博郡栖迟五十年，分明非梦亦非烟。
衣冠粉墨氍毹上，笔楮风骚几案间。
友鹭盟鸥多聚散，问陶访戴足盘桓。
而今别矣庭州去，一理行旌一黯然。

偶　成

少壮时乘破浪风，怀奇亦自望屠龙。
东南金粉曾无恋，西北尘沙独有钟。
磨蝎红羊堪乞命，锥囊白手讵言功。
倏然耄耋催弦柱，梁甫离骚益咏中。

居　巢

博州郡县古双河，艾比湖连乳海波。
目击苍黄亲历劫，身经磨炼此营窠。
退休老去诗书癖，磋切常来师友多。
生活与时俱进矣，学为养乐待如何。

重阳节抒怀

熠熠秋阳燠九皋，桑榆松菊著风标。
神州渐见多三寿，盛世洵称重二毛。
养学乐为皆有所，居游衣食不烦操。
年年佳节逢重九，楼宇登临极目高。

近游滨河公园志感

园建名源滨博河，依山面水水平多。
五丘亭矗凌空影，九曲桥横卧碧波。
点点画船迷鹄下，困困穹帐袅歌和。
自然景物天生趣，老境新图耐琢磨。

偶 感

激越情怀委逝川，鲁阳戈挽莫能还。
百年将过十之九，一思无烦再与三。
菽水自甘堪送老，诗书积习未投闲。
此生独有存心事，瓯缺何时见补完。

丙戌迎春

唱罢金鸡玉阙还，戌官神犬守当年。
人和两岸渐趋稳，赋免三农告尽欢。
国际周旋相睦处，科研方向特高攀。
与时俱进升阶似，不达巅峰不息肩。

早春遣怀

坚冰渐释博河潮，绿意如云罥树梢。
小草倦倦还故我，平畴漠漠见新苗。
鲁戈讵挽斜阳驻，穆骏宁追逝水遥。
骊酒天山酹明月，童心争似雪峰高。

入冬苦旱喜见人工降雪

玉龙酣战显雄威，片甲零鳞被翠微。
着树浑疑梅乍见，飘檐错认絮轻飞。
神工碾得昆冈碎，魔力掀将月殿摧。
胜似摩登伽女散，琪花琼蕊斗葳蕤。

新岁偶成

留边四纪过春时，客久乡情了不思。
皤发并肩怜老伴，娇音学舌弄孙枝。
添欢蓦地鸣鞭炮，戒饮依然设酒卮。
儿辈当筵频祝福，椒花颂亦介眉诗。

水调歌头·用东坡原韵

歌罢送归客，明月挂中天。儿时情景犹昨，倏忽欲穷年。弱冠京华干仕，半世江湖载酒，未觉柝更寒。此意嫦娥解，冷眼觑人间。　　高轩醉，村舍寂，尽酣眠。问伊今夕，独开笑靥向谁圆？往复周天运转，依旧环球凉热，适可不求全。但得清如水，流照影便娟。

徐其海

1970年生，河南郸城人。新疆诗词学会会员。

题天涯海角

碧波连天远，江天无点尘。
孤峰云起处，遥寄忘归人。

无　题

空谷生幽草，落花流水香。
美人岂无意，共献万年芳。

雨中过天山

轮惊飞鸟过，身与浮云平。
市井嚣声远，雨洗耳根清。

菊花台咏怀

辛苦年华浪形骸，雨打青山我又来。
满袖盈香菊犹在，黄花偏向故人开。

古　松

潺潺溪水护青峦，古松悠然立绝岩。
深山何必有人问，此生老去等闲间。

无　题

头枕天山一梦幽，观云青眼欲何求。
求生不是平生愿，风雨岂能送白头。

登　高

远望登高天地间，千山共拥一枝帆。
野云无意中原事，飘过云南更向南。

游白杨沟

陡壁危崖坐井观，喧嚣瀑水应生寒。
珍珠帘外当留影，俯瞰新桥似月悬。

徐凯文

1954 年生，四川仁寿人。曾在新疆生产建设兵团农七师 125 团工作。新疆诗词学会及兵团诗联家协会会员。

端午节咏

五月端阳踞中天，屈平佳话萦耳边。
万家青粽抒良愿，渔浦丹心挽英贤。

孤　鸽

夜深明月照楼窗，孤影清凉著霓裳。
信使飞来亲近我，此情绽放夜来香。

采桑子·重阳

天山朝匕金风好，银絮霓裳。石油芬芳，塞外边城富天堂。　　奎屯儿女新颜俏，春夏风光。秋更风光，吐艳诗花赛桂香。

徐荣章

1940年生，江苏南通人。冶金建筑公司原党委书记。中华诗词学会会员、新疆诗词学会常务理事。

由乌鲁木齐赴博乐温泉

树绿北山坪，气藤谷底城。
千旋千里路，一洗一身轻。

库车克孜尔水库

大坝依天立，五河汇一波。
气蒸飞鸟避，水合泳鱼多。
宝地生明月，灵山断恶魔。
龟兹胜迹在，塞国卧烟萝。

冬日登红山

常闻赏雪红山好，此日登临气万千。
足底寒云高过树，眼前飞鸟疾于鹯。

无 题

分曹射覆忆西楼，只解风情不解愁。
回首离人南北路，相思缕缕总无休。

别姑苏二十七年后返母校参加校友会感赋

万缕情思理不开，梦魂夜夜绕苏台。
一雏当日离巢去，两鬓今朝带雪来。

大漠行

为寻丝路上高台，古道秋风扑面来。
唐代衣冠埋砾碛，汉家宫阙化尘埃。
极西瀚海雕踪绝，直北霜天雁阵排。
最是情生钻塔上，油花滚滚向阳开。

登庙儿沟高峰

九曲十盘步步摇，登山遣兴旅情豪。
天开西北长空近，地控东南道路遥。
访友难期剪烛日，揽奇不畏绝峰高。
此生暂托知何处，仙掌擎来在九霄。

白杨沟夏景

南山避暑人如海，十里幽沟艳似霞。
咬定苍岩云角树，铺陈牧帐水边花。
千人驰噪睹奔马，万首攒腾看舞丫。
最喜飞虹轰石壁，雷鸣电擎震龙沙。

早　春

瞳瞳日出雪初融，渐觉风光大不同。
雨过垂杨浮绿嫩，温升瑶草浇青浓。
游人络绎朱轩拥，广宇苍茫翠岫封。
长吟堪壮西疆气，岂浪诗骚为取容。

诗人节吊屈原

端阳雅集又联吟，凭吊灵均感不禁。
太息谗谀翻得志，堪嗟方正竟难寻。
朱旗竞看龙舟渡，人世谁知屈子心。
千载悠悠江汉水，滔滔犹是楚辞音。

徐思益

1927年生，四川仪陇人。新疆大学教授、新疆诗词学会顾问。著有《徐思益语言学论文选》等多种。

春到边疆

四月边疆初见春，银装褪去绿衫新。
东风昨夜问花信，红杏含苞羞向人。

重访巴里坤

四十三年一瞬间，古称旧貌换新颜。
雄姿天马今安在，满眼牛羊夕照间。

那拉提草原

遍地山花蜂蝶狂，彩虹悬挂舞牛羊。
炊烟飘渺香凝雪，林海微澜映夕阳。

少年同学逝世周年纪

盛世重来君却去，无眠长夜我伤神。
学诗欣喜成三友，通信徒悲少一人。
目断飞鸿添白发，心翻巨浪唤青春。
权当共剪西窗烛，往事悠悠话语频。

次韵奉和朱甸老辛未春节感事

国以秦名足自豪，弟兄何必较低高。
仁人应炼补天石，志士休忘画地牢。
华夏祖先原一统，炎黄儿女系同胞。
举头中夜数星月，多少心潮似海涛。

蝶恋花·寄故人

昨夜星辰难尽数，步履春风，疑有仙人语。闻说洞天饶乐趣，大千世界知何处？　奇境通幽香久固，普渡生灵，胜似菩提树。极目黄花金满路，钟情最怕佳期误。

徐庶之

1922 年生，河南光山人。曾任新疆美术家协会副主席，著有《天山南北集》。

题牧民迁徙

草绿天山又一年，牛羊盈谷马盈川。
畜群浮动青纱上，帷帐游移碧浪间。

题明驼

千里明驼任重行，洪荒旷野草青青。
孤行不畏征途远，塞外春光别有情。

徐善加

1946 年生，江苏启东人。昭苏县第三小学高级教师。新疆诗词学会会员。

柳梢青·北疆水

涤去悲凉，荡开寂寞，卷走穷荒。引进莺歌，润来眉翠，散发芬芳。　多情恰似娇娘，把挚爱，频输北疆。美比彩虹，莹同明镜，酿制春光。

凌朝祥

1933年生，字吉臻，四川阆中人。长期在新疆军区和生产兵团工程部队作新闻宣传工作。“文革”后调新疆维吾尔自治区宗教事务局任办公室主任。退休后为中华诗词学会名誉理事、新疆诗词学会名誉会长、兵团诗联家协会常务副主席兼《绿韵》诗刊主编，著有《天山明月歌》《尘海屐印录》等。

天山明月歌

君不见一轮明月出天山，万里长空飞玉盘，
清辉皎皎柔如水，温情脉脉照人间。
君不见屈子月下行吟久，魏武横槊赋诗篇。
太白金樽常对月，东坡把酒问青天。
我今登山览明月，天青月白光莹洁。
满山塔松次第高，白雪松风秋瑟瑟。
瑶池倒悬碧玉镜，波光粼粼照天阙。
博格达峰与天齐，冰峰高挂团圞月。
上有绵绵不断流光泻万缕，
下有逶迤茫茫难消千秋雪。
娟娟月色照雪山，皑皑白雪映明月。
素华白雪两相依，天上人间共一色。
月出皎皎兮，伊犁河水日夜翻滚不停歇。
两岸沃野迷望眼，苹果花开香雀舌。
乌孙山下牛羊肥，天马飞奔汗如血。
月出皓皓兮，银波洒遍库尔勒。

无边梨花夹稻花，
博斯腾湖滔滔雪浪卷起万顷芦荻秋月白。
死亡之海翻龙沙，大漠胡杨吐新芽。
油气喷涌三千丈，欲上九天洗月华。
不毛之地生春草，龟兹歌舞落杏花。
罗布泊上风雷吼，
惊起铁龙满载天山明月奔腾呼啸向天涯。
噫吁唏！长云几度暗雪山，狼烟欲毁金瓯残。
逆风千里折白草，雾锁冰轮云海间。
喜有新栽杨柳三千里，长引春风渡玉关。
更喜雄鸡一唱天下白，人民子弟进天山。
铁马金戈征战苦，热血化却月光寒。
雪满弓刀追叛匪，开荒造田学延安。
北屯奎屯阿拉尔，座座新城展笑颜。
玛河塔河开都河，沙碛变成米粮川。
改革风吹丝绸路，开放涌出幸福泉。
各族同胞乐盛世，歌声唱彻月儿圆。
春雨春风总有情，化作甘霖洗尘清。
吴刚折却月中桂，清霄又悬白玉钲。
北登阿尔泰，西上惠远城。
莽莽昆仑峰十万，塞上无处不月明。
我本峨眉山下客，从小偏爱峨眉月。
峨眉山月不畏寒，万里迢迢伴我到天山。
天山峨眉隔青海，一轮明月两处看。
四十馀年弹指间，茹苦含辛人未闲。
铺开大漠绘彩图，挥动铁笔作长竿。
风雨交加南疆路，劈山引水铁门关。

月色随心翻作浪，诗神助我渡狂澜。
犹忆当年天鹅湖上作羊倌，明月夜夜伴我对愁眠。
梦里常把草原名湖当北海，羊鞭为节月下顾影自长叹。
中华民族五千年，悲欢离合久变迁。
几多桑田变沧海，几度月缺又月圆。
个人荣辱何堪虑，一身安危系雄边。
是非自有后人论，唯愿明月不吝玉露夜夜润心田。
西风落叶归候鸟，鸿雁传书峨眉巅。
高堂老母盼儿月下空垂泪，谁知男儿一去久不还。
少小投笔从戎追定远，老去初衷不改学张骞。
莫教红口笑夸父，但将热血寄残年。
不求催耕作布谷，只把诗魂托杜鹃。
今宵览月天山上，对月举酒拨心弦。
博峰为我倾耳听，瑶池频频把酒添。
莫道征夫朱颜老，宝刀不减月光寒。
莫道天府之国美如画，如今天山脚下片片绿洲赛江南。
吴牛不喘今时月，今月已改旧时颜。
明月皓光处处有，十二亿人共婵娟。
同戴一轮月，同顶九重天，
同是炎黄好儿女，合当共生共死共悲欢！
我与天山共明月，明月与我共天山。
安得天山明月夜夜圆，清辉遍洒人世间！
安得瑶池春水化美酒，
我与明月年年岁岁岁岁年年共饮共醉共天山！

乌鲁瓦提放歌

昆仑高，昆玉美，动人最是昆仑水。
昆仑巍巍不可及，昆玉深藏瑶台底。
唯有昆水浪漫流，流入人间失经纬。
喀拉喀什河水来天地，蜿蜒迂回八百里。
涓涓细流润绿洲，浩浩洪峰戈壁泄。
圣山脚下旱魔横，王蔚奋起学李冰。
翻山越岭亲踏勘，心血耗尽终长眠。
感人事迹动霄汉，引来玉龙千百万。
乌鲁瓦提伸巨手，拦河筑坝控枢纽。
枢纽初建成，大坝露峥嵘。
仰望绝壁立，俯视心胆惊。
平湖水，绿参差，群龙俯首听驱驰。
日泻清泉浇大地，夜吐明珠斗月姿。
麦苗青青桑叶肥，绿柳白杨拥锦堆。
化却尘沙飙风绝，和田消尽纸上白。
安得高坝三万里，尽拦昆仑山中水。
救活塔里木，洗尽胡杨泪。
死海翻波绿浪飞，大漠又引春光回。
面对昆仑振臂呼：乌鲁瓦提！乌鲁瓦提！
我有美酒醉不得，邀君痛饮三百杯。
祝君高名传天下，千古长与昆仑齐！

醉探奇石馆

玛河多奇石，盛世出人间。
光耀石河子，美誉满天山。
我踏月色来，乘兴览大千。
峰峦岭岫列，黄绿青紫蓝。
有如荆山玉，温润暗生烟。
有如昆冈璞，冷峻法自然。
又似龙宫宝，玛瑙杂瑚珊。
又似山水画，沧海挂云帆。
时遇僧侣会，佛陀正参禅。
时遇先哲游，青牛出涵关。
或现古城堡，什女舞翩跹。
或现鸟兽斗，痴迷失往还。
忽见巫峡女，云雨半遮颜。
忽见青梗峰，顽石非愚顽。
依稀嫦娥飞，揽月上青天。
依稀拓荒者，扶犁垦大田。
纵横八万里，上下五千年。
似真亦似假，若神又若仙。
诗魂醉如梦，不觉夜已阑。
此中有真趣，莫向醒者谈！

草原之夜

山含红日去，牧笛送黄昏。
月动云杉影，烟笼碧玉村。
毡房生乐舞，篝火醉乾坤。
犬伏牛羊静，泉声绕梦魂。

登铁门关新楼

铁壁千寻险，雄关几度秋。
苍龙朝北去，孔雀向南游。
大漠烽烟尽，丰田稻麦稠。
高歌开拓者，一笑胜王侯。

咏伊犁河　二首

（一）

揖让弥兵为止戈，悠悠往事待若何。
伫听域外江声远，犹带乡音恋内河，

（二）

一日长河两度过，江潮心浪久相磨。
百年恨史西流去，老泪潸潸对逝波。

乙亥杂诗四首选二

（一）

大漠狂飚追落日，龙沙白草醉如痴。
文山耗尽三生血，会海磨光一顶丝。
缘薄难乘黄鹤去，年高易见白驹驰。
酸甜苦辣人间味，夜梦醒来我自知。

（二）

为将大道苦追求，老了青春白了头。
志在军营为卒伍，何曾凌阁望公侯。
齐尊管仲任卿相，秦嫉韩非作死囚。
穷达荣枯皆自重，莫教黄土掩风流。

夜过大戈壁二首选一

日落云收北斗高，轻车夺路伏蒿茅。
流沙未动边风静，大漠无痕塞月娇。
但见新城灯熠熠，不闻故垒马萧萧。
朝霞几缕明天际，惊起盘空一老雕。

横穿塔克拉玛干大沙漠

莽莽黄沙锁日头，无边戈壁接荒丘。
圣山磅礴声威壮，塔水苍茫断续流。
已见风雷腾大漠，还将油气铸琼楼。
梦中借得银河水，死海回春化绿洲。

喝火令·博乐西部广场雪夜观灯

佳节浓情在，烟花断续明，九霄云外挂红灯。风卷彩旗飘洒，飞雪舞流萤。　　铁马耕耘苦，金戈忆远征。八方儿女绣边城。半世辛劳，点起满天星。漫步北京桥上，喜赋小康行。

念奴娇·登盘橐城感怀

班公城上，望斜阳似火，焚风将歇。我自登高凌碧宇，鼓角笳声泯灭。犹记当年，孤师奋勇，刀溅匈奴血。扬鞭跃马，情倾多少豪杰。　　历尽风雨沧桑，江山如画，青史翻新页。博望通商开雪域，三藏取经情切。大帅筹边，将军屯戍，代代旌旗掣。廉颇老矣，仰天羞对明月。

念奴娇·登喀纳斯湖观鱼亭有怀

凌峰环视，纵眸处、雪岭冰山如戟。云淡风轻天籁静，鹫闪鹏飞鹰疾。脚下龙潭，气寒光冷，湛湛粼波碧。望穿秋水，谁知湖底消息？　应怜造化种功，绿砌红堆，妆就仙家驿。亿万斯年如画境，占尽人间真迹。翠碗红鱼，金樽玉液，壮我生花笔。牧歌声里，还听河汉鸣镝！

玉蝴蝶·米泉踏雪天地园

一夜琼花开遍，长空凝碧，大地银镌。万树千枝，铸就脂玉团团。晨曦里、襟风带露，携美酒、踏雪名园。白鲜鲜。人间换了，思绪联翩。　当年。人民子弟，筚路蓝缕，辟地开天。鼓角声中，敢将热血破春寒。烈火熊熊枯草醒，洪荒地、化作粮川。更何时，冰清玉洁，一统江山！

栾　睿

1960年生，陕西三原人。新疆师范大学文学院教授。中华诗词学会会员、新疆诗词学会副会长。

宿塔什库尔干晨起寄人

云外鸡声梦醒，晓露轻浸衣襟。
雪巅恰似愁发，丝丝离绪缠心。

谒穆罕默德·喀什噶里麻扎

野云舒卷似行藏，思绪流泉较短长。
一揖先贤高卧地，也将智慧入诗章。

访喀什老城高台民居

白杨影里隐人家，巷迴炊烟逐彩霞。
陶令寻源一篙水，摇来此地亦须嗟。

访和田玉石市场有感

性本天然质本洁，长随碧浪任漂泊。
自从琢磨沾富贵，人间巧取更豪夺。

惊见玉龙喀什河万人掘玉现场

山清玉秀本天然，万古千秋漱逝川。
惊见人心深似海，今朝欲壑更谁填。

梦 觉

梦不误人人自误，梦醒却怪梦中人。
自欺除却谁欺我，境破天高风物真。

外子颜文跃病逝二十年忌日作

雪泥鸿爪梦中身，沧海倾波又一春。
霜鬓已非君所识，铁鞋犹自我长寻。
三生曾许门庭愿，一揖本无廊庙心。
他日灵山相会处，但凭笑语认前尘。

高光强

1938 年生，辽宁鞍山人。新疆生产建设兵团土地管理局原副局长，现为兵团诗联家协会理事、新疆诗词学会会员。

市 场

名声不在娇，僻巷也逍遥。
酒肆盈知己，茶楼结故交。
时装添俊彩，革履试新潮。
买卖千家好，春风路一条。

额敏行

春到边关路，崎岖雪尚残。
天随气象改，地伴物华迁。
隐隐鸡鸣早，狺狺犬吠传。
前村行渐近，歌笑尽欢颜。

登惠远钟鼓楼怀林则徐

旧地怀贤吏，边关叶正秋。
英名存国史，屈辱忘家愁。
亮节将军府，高风惠远楼。
伊犁河下水，老泪共长流。

浣溪沙·祝贺新疆诗词学会成立五周年

岁月如流夏复秋，时逢佳节喜同俦。菊花心意写枝头。　　塞上金风吹硕果，五年逸笔颂神州。新词新赋溢芳遒。

高建煜

1938 年生，辽宁鞍山人。曾任新疆生产兵团土地管理局副局长，退休后系新疆诗词学会会员、兵团诗联家协会理事。

红 柳

红映关河绿染沙，风光大漠舞芳华。
昂扬意气吞朝日，飒爽英姿对晚霞。
寻梦天涯勤立业，弄潮瀚海乐安家。
冰餐露饮尤坚劲，绝俏庭前二月花。

如梦令·咏火焰山

虎踞西天边卡，如火如烟如画。故事满山坡，多是西游佳话。拼杀、拼杀，谁敌金猴潇洒。　今天云消烟化，红日一轮高挂。古道放新歌，欧亚陆横跨。山下、山下，尽是探春车马。

席 节

1930 年生，字和喜，湖南双峰人。新疆塔城市检察院退休干部。新疆诗词学会会员、塔城地区诗词学会理事。

访韶山毛泽东故居

绿水荷菱映宅滨，长林丰竹气清新。
钟灵毓秀风华地，生得回天一伟人。

爱晚亭

踏翠寻芳爱晚亭，犹闻名士读书声。
枫林浓郁摇疏影，撷得高枝人画屏。

鹧鸪天·初夏牧场

凿谷穿岩一泻溪，重峦叠翠入云霓。盘空鹰鹞舒高翅，斜日牛羊踏浅蹄。　　风淡淡，草萋萋，毡房点点缀东西。不知辛苦归来晚，但见欢歌满径蹊。

水调歌头·边城抒怀

十载沧桑变，千里醉烟霞。轻歌曼舞新纪，惯听管弦哗。郭外山横水纵，垅上粮丰畜壮，雁影点平沙。民族大团结，携手绣中华。　　扬正气，除腐恶，戒骄奢。高楼叠起，杨柳堆翠半城花。门挽清风皎月，户漾欢声笑语，相悦小康家。莫道江南客，皓首乐天涯。

临江仙·春日寄兄

一去潇湘千万里，回头旧事朦胧。遥思梦里几回空。马山春早，应是杜鹃红。　　岁月不知人易老，春来春去从容。故乡但愿盼相逢。又羞怕见，谁个认衰翁。

临江仙·爱妻龚志清逝世十周年祭

撒手匆匆西去，孤身长此飘移。十年生死两情违。天庭寥寂甚，便向玉轮偎。　　梦里苍茫何处，不曾应允归期。亲人故旧苦相思。秋风天末起，寒至早添衣。

唐世政

1944 年生，四川广安人。石河子市物资局退休干部。中华诗词学会理事、新疆诗词学会常务理事，石河子市诗词学会会长。编著出版诗词集《军垦颂》《绿洲魂》等多部。

新桃花源行并序

己丑初夏，石河子诗词学会成立二十周年，花园农场文联主席夏天池邀赴桃花源赏花，同行者十余子。感其事而作歌，兼忆创立学会诸谛友。

莺飞草长正江南，塞北榆柳半苏眠。
东来一夜春风急，细雨催开桃花妍。
夏公来电声声催，催到桃源共举杯。
花径早为诗人扫，桃花树下醉千回。
春风得意马蹄疾，车如流水人如织。
歌声犹伴桃花飞，花魄诗魂来相觅。
千朵万朵压枝低，千树万树如云霓。
翠鸟争鸣香雪海，满园蓬勃尽生机。
红萼青枝花争俏，修枝巧手呼姑嫂。
最喜此时花半开，莫到春深花事老。
郁郁清香扑鼻幽，红红白白满枝头。
红裙踏歌花下过，快门闪闪凝双眸。
丝竹歌管半和春，京韵悠扬遏流云。
一曲缠绵《桃花扇》，满园游客尽销魂。
细雨新晴红日丽，花底间关莺语脆。

击钵联诗酒频添，千杯万杯不觉醉。
逸史津津众口传，当年王母会群仙。
瑶池品罢蟠桃果，青鸟衔核到雪山。
落地生根即发芽，冰雪融融又开花。
春华秋实千年久，桃花灼灼遍山崖。
座中忽有白头人，悠悠往事初与闻。
自言本是老军垦，十年泪痕伴血痕：
铁流滚滚起西征，天山南北扎大营。
屯垦戍边剑为犁，戈壁滩上建新城。
开渠引水上天山，老兵携得桃花还。
精插细培施肥水，日复一日年复年。
冬护三九夏三伏，唯愿沙漠添新绿。
弱枝八年渐成林，老兵日日看不足。
一日老帅来巡边，芒鞋拄杖到田间，
满眼千红杂万紫，颔首惊叹似花园。
蟠桃岁岁著繁华，蜂飞蝶闹万顷霞。
神仙宴上珍馐果，走进寻常百姓家。
一声炮打出朝班，红红绿绿遍长安。
白骨夜夜传天语，腥风血雨又十年。
烈火腾腾烟缥缈，绝塞冤狱知多少。
假起义是真潜伏，残渣余孽遍地跑。
斗争矛头指蟠桃，铁证如山罪难饶。
世外桃源避风雨，岂容尔等再逍遥。
清明春深四月八，一花独放百花煞。
桃花如面柳丝柔，封资修当连根拔。
小将挥舞红袖标，最高指示动云霄。
大喝一声刀斧举，桃林毁尽气未消。

全团搜查捕老兵，绑赴高台狠斗争。
触及灵魂到骨肉，拳脚交加如雨倾。
毁罢桃林追电台，通敌可曾到港台？
潜伏廿年终暴露，层层揭发逼后台。
大好形势蒙大耻，血肉模糊口无齿。
月黑风高急雨夜，歪脖树上悬吊死。
人间正气总难埋，十月大地起风雷。
又是春风绿天山，屯垦事业重安排。
当年偷藏蟠桃籽，清明雨后细细栽。
温室大棚精育种，科学剪枝接芽胎。
老兵忠魂耿耿护，繁英似火果成堆。
银鹰满载畅欧美，换得外汇滚滚来。
阳光雨露洒邓林，夭桃十里著红云。
今日恰逢桃花节，白头来做赏花人。
我闻此语百恨吞，满座戚戚泪湿襟。
千载难忘家国痛，同是红羊劫里人。
诗坛我亦如此花，随时兴衰堪咨嗟。
当年曾与赏花者，半恨凋零半天涯。
停杯投箸思绪杳，桃花缤纷雨脚斜。

白石长孙齐亮夫大师赠画嘱题群虾图

落笔成天趣，群虾意态真。
虾欢人亦乐，白石有传人。

北湖春晓

一睹湖光不忍归，飞龙阁畔尽芳菲。
漫天春水无穷碧，细浪粼粼照夕晖。
万顷银波荡划船，长笛十里柳如烟。
桨声袅袅歌声脆，飞入芙蓉梦里天。

农　家

庭院深深笑语哗，葡萄小蔓上篱笆。
细伢轻掩柴扉去，责任田边送早茶。

过东沟

小溪低唱柳丝柔，野鹿衔花照碧流。
峭壁雪松迎客笑，清风作伴过东沟。

晚 归

布谷声声柳嫩黄，野风微伴夜来霜。
马蹄得得归来晚，汗透春衫月上墙。

丁亥重阳咏菊正逢京华盛会

满眼芳菲色正浓，今年不与昔年同。
疏篱且看经霜后，一夜千丛尽向东。
抱蕊枝头晚节香，登高岁岁醉重阳。
此中真味谁能解，反笑老夫贫后狂。
金风玉露化长桥，炎势蒸蒸日渐消。
唯有童心痴未改，灯前和泪读离骚。
夜来紫气降都门，人盼和谐鸟盼林。
解语黄花怜我瘦，且添杯酒壮诗魂。

贺霍松林师八十华诞

唐音汉韵仰高贤，禹域同登新纪年。
马帐传经施化雨，程门学句结诗缘。
滋兰树蕙盈千亩，继往开来负一肩。
海屋添筹仁者寿，持螯把酒乐陶然。

天池漫兴

八乘迎驾宴瑶池，阿母翩翩迎客时。
佳话千秋留逸史，游人众口咏新词。
雪峰倒影浮云碧，林海惊涛秋色奇。
最爱巴郎骑马过，声声手鼓醉如痴。

浣溪沙·天山旱卡子乡纪游

多谢东风巧剪裁，胡杨广柳倚云栽。天山深处小蓬莱。　　哈族同胞多厚意，羊羔美酒畅吟怀。红香翠袖舞徘徊。

洞仙词·农三师叶尔羌河之恋

叶河东望，尽茫茫沙漠。千里驼铃破寂寞。望无边，赤野千古荒凉，枯骨白，夜夜磷火闪烁。　　春风扶弱柳，鸟语花香，塞外江南已非昨。汩汩注清泉，嫩绿成茵，牛羊壮，鸥飞鱼跃。忆昔时年少正英姿，白手拓荒原，人犁拉索。

唐生午

1928年生，湖南湘潭人。新疆石河子市第三中学高级教师。新疆诗词学会会员，著有《长河一抹》。

石河子赞

碛砾今何在？白头话老兵。
荒凉狼兔逐，胼胝麦棉盈。
水送田畴绿，电输厂矿明。
群楼如笋立，熙攘闹新城。

怀湖南旧友

塞雁知君健，湘波慰我心。
白头欣夕照，赤帜暖寒衾。
三曲琴音断，孤杯月影斟。
电灯长不灭，旧雨梦中寻。

时局有感

入梦寻章晚，因时感事多。
烽烟催涕泪，鸽使尚维和。
道义赢祥祉，贪婪丧戟戈。
大千由造化，史鉴逐沧波。

初到兵团

丝绸古道未荒凉，驼马西行换铁装。
鄯善长龙惊漠野，轻车一夜过沙岗。

赞石河子垦区无名英雄

英雄戍垦战边荒，瘠土迎来稻米香。
奉劝新洲纨绔士，须知昔日苦辛郎。
仓储盈积天山耸，功绩参差玛水长。
热血男儿埋漠野，心碑更比石碑强。

忆江南·端阳怀旧

长相忆，最忆是湘波。蒲棕雄黄沙酒日，龙舟竞技逐江河。胜景梦魂过。　今犹忆，烟雨别情多。钟弃瓦鸣雷震祸，苍天有负泪滂沱。凄月照吟哦。

鹧鸪天·军垦老人

荟萃乌丝赞白头，耳聪明目笑颜悠。红星相与关山涉，青鸟殷勤礼节酬。　观世界，写春秋，旧情新愿寄同俦。夕阳西下豪情在，最乐朝晖灿戍楼。

贺圣朝·壬午中秋笔会

文房四宝舒台布，展诗书词赋。满堂评论十分欢，胜翩翩歌舞。　　群来西部，贤才无数，正边陲殊遇。青春多幸乐斯时，着绿洲新雨。

贺新郎·开发西北石河子

戎马关山戍。倚天山，绿洲闹市，锦殿无数。电讯钢轮银翼翥。四海五洋竞渡。谋巨富，宏规初具。军垦精魂铜鼎铸。化寒冰，浩渺滋农圃。花草嫩，映春树。　　拓开西部鸣金鼓。正坚兵，潜蛟猛虎，壮心倾注。碧野阵迎新队伍，沙海沙荒人驻。怜月桂，迎将仙女。天际红霞牵袂舞。会春风荡漾情思语。钦俊士，缀奇句。

满庭芳·石河子音乐广场

桥架霓虹，台辉银瓮，碧林空处华灯。轻柔声里，飞燕伴黄莺。最是星繁月满，情侣靓，忘却深更。人头乱，波潮荡漾，身寄玉蟾庭。　　天伦，行乐事，红颜白发，童稚精英。渐倦舒宽座，偎抱温馨。蔽日乌云消逝，天海阔，岁月峥嵘。遥思久，繁华闹市，戈壁此新城。

唐尚诚

1925年生，甘肃兰州人。为乌鲁木齐市盲人学校原校长，高级教师。中华诗词学会会员、新疆诗词学会顾问、乌鲁木齐诗联家协会理事。

车行鄯善

辟展今朝过，深秋气尚温。
明驼喧砾碛，羯鼓响芳园。
粒粒葡萄绚，累累瓜飚繁。
喇叭声不断，满载竟盈辕。

游乌垣清泉寺用斋膳

今朝浴佛辰，山气倍氤氲。
纵目人潮涌，昂头寺院新。
清茶泉水汲，素菜野畦耘。
法苑余虽客，欣沾味亦薰。

天山游

天山常在望，今日始登临。
积雪明千古，瑶池涌万岑。
松涛鸣邃谷，岚霭漫幽林。
健步云中过，聊为旻上吟。

游乌垣儿童公园

塞上谁云不见春，碧桃四月满园新。
只因嫌我寻幽晚，特展芳菲迎故人。

郊　游

四月桃花始渐开，短筇扶我过墙来。
喜逢旧雨成三老，好向花间醉一回。

咏菊　二首

（一）

亭亭寒夜立繁霜，占尽风情俗艳藏。
莫遣秋光容易去，莼鲈真美醉重阳。

（二）

天生丽质散幽姿，不逐群芳独耐迟。
一自渊明真寄赏，骚人惹得尽题诗。

贺石城诗界盛会

瓜果飘香集众贤，忽传盛会结天山。
唐风汉韵彰华夏，屯垦戍边载简编。
共赏梨花溶玉宇，齐歌瀚海换新天。
雄师更有雄文在，漫卷吟旌舞大千。

秋游库尔勒沙依东园艺场

香天雪海甫销妆，一望累累尽果乡。
翡翠乍疑翻玉叶，珠玑又似结金棠。
栽培科学摇钱树，改革宏筹聚宝塘。
幸有东风常沐浴，香梨今日五洲扬。

辛巳消夏水西沟

流火轮台七月间，人潮滚滚水西岩。
野花红绣仙坛外，瑶草青铺玉海边。
幕帐频酬游客醉，草原轻骑旅人欢。
倚云旁石眠松下，暑气全消乐此山。

伊犁早望

早起边城信步游，风光满目不胜幽。
萋萋沃壤牛羊壮，漠漠腴田稻麦稠。
巨厦高楼凌北斗，银航铁辇接西欧。
喜观口岸商云集，塞外江南此最幽。

秋游博斯腾湖

云淡天高塞上游，汪洋一鉴照西州。
莺啼燕语疑春至，浪稳风平喜舫浮。
两岸芦花迎客舞，一泓锦鲤惹人悠。
电波新泛千层浪，浇得龙堆变绿洲。

车中望哈密

一夜东风渡玉关，苍茫瀚海变良川。
天连葱岭通欧亚，地接昆仑锁陇汧。
千栋楼台凌暮霭，万家灯火映郊原。
胡杨深处歌声发，都道伊州胜故园。

唐昭防

1919 年生，安徽肥西人。新疆生产建设兵团农四师原财会师，已离休。现为新疆诗词学会、新疆生产建设兵团诗联家协会会员，伊犁诗词学会理事。

晨 练

闻鸡春起早，免费入公园。
摇曳寻三昧，呼呵待一言。
鸟啼千翠阁，扇舞百花轩。
借得长生剑，逍遥太极圈。

对 酒

纵马南山忆昔时，凭栏搔头鬓如丝。
街前买得伊犁特，一醉迎来一束诗。

野 游

问腊寻春酒一瓶，崎岖屡作舞腰停。
霞倾断壁枯藤赤，冰挂丛林曲柳青。
旷野无童争草地，农家为我敞空庭。
干馕奶酪齐相饷，腹果诗成感性灵。

伊犁华宁寺晚眺

伊犁河上且逍遥，一抹斜阳掩树梢。
桥下艄公收马达，路边牧女护羊羔。
每参大佛登新阁，又见寒鸦觅旧巢。
脚底渔乡归未晚，月明把钓亦风骚。

访霍城大西沟道观遗址

破衡折斗读南华，鸡犬相闻别有涯。
野雀争巢寻故址，杂花生树念残家。
道场烽火除诗简，客舍逍遥作酒吧。
老子骑牛何处去，庙儿沟里访烟霞。

屯垦戍边六十年

三军挂甲未还乡，带剑扶犁拓大荒。
腊尽开渠三十里，春来播种万千行。
寒风拂面须成壳，大雪浸衣鬓结霜。
不许狂沙常作祟，誓将西塞变粮仓。
踏雪攀冰百丈巅，负薪拽釜费盘旋。
掀开峭壁劳双手，纵揽烟霞得一肩。
快马驮粮三界地，飞车运石九重天。
蚕丛斧劈康庄道，万仞高山一线牵。
往事昭昭不可伤，初平叱石石成羊。
挥戈力返三竿日，夺箭飞穿百步杨。

酒溅花笺凭自在，诗穷俚句亦寻常。
老兵未觉桑榆晚，满眼青山照夕阳。
戈壁滩头曲未终，貂裘将击换清风。
梦回五岳三江外，人在天山瀚海中。
狂想何能消块垒，牢骚仅可付雕虫。
邻家烟火翻新样，七彩缤纷上太空。
裕农大泽好风行，瘦水寒山几度更。
继往开来同造福，添砖加瓦总关情。
乾坤已作翻天改，风月何须隔岸争。
港澳回归昭国策，海疆重整汉家城。
冷暖争鸣笔战酣，骚坛处处胜江南。
投笺灯下猜诗谜，清稿炉边对酒谈。
隔世搓牌常待一，谁家弄笛仅声三。
回思六十年来事，不悔蹉跎不自惭。

陶大明

1946 年生，笔名田丁，湖北汉川人。新疆生产建设兵团十二师党校、行政学院副教授。中国楹联学会常务理事、新疆诗词学会理事、兵团诗联家协会副主席，乌鲁木齐诗联家协会名誉主席。出版诗集有《暂住人间》等。

2003年冬天山下画麻雀有感

百鸟无从觅，寒冬只见君。
时空归独享，不可谓清贫。

丙戌仲夏送小儿智华归队昆仑

情暖昆仑雪，枪挑世界风。
欲将春色览，须上最高峰。

题案头硅化木

当年原是树，屈作石头身。
犹有婆娑梦，风光夜夜新。

丁亥诗人节新疆师范大学聚会即兴

少小梦诗楼，追求五十秋。
雄黄曾引酒，香药尽沾兜。
颠沛天真老，流离浪漫稠。
此生遗憾事，终未划龙舟。

参观乌鲁木齐南郊福寿园

福寿何方觅？南郊有翠园。
碑帆航四海，英气绕三山。
巨佛临风卧，群雕映雪寒。
妖魔何处去？笔架捧西天。

贺《杨牧文集》出版，书寄杨牧先生

蜀道难哉又不难，阳关西出几回还。
天狼星下盲流路，化作诗文百世传。

题毛雪峰画师赠画《天涯乐土》

赤焰张天沙浪翻，残阳一粒血斑斑。
苍鹰飞断天涯路，跃跃驼峰似墨峦。

2008年夏烟台金沙滩浴场泳后

惯涉沟河又傍山，心倾大海自童年。
从今静看惊涛起，几点鸥鸣云水间。

戊子重阳赠内

海滨云雾绿洲烟，悦目怡心入画帘。
难说风光何处好，魂牵梦绕是家园。

乙酉秋自乌鲁木齐市三宫泰山居迁五一农场园田居

半世流离应有涯，天山脚下且安家。
开窗扑进群峰影，掩卷收藏瀚海霞。
郊远未曾思闹市，事多常可呷清茶。
年交花甲循环矣，满面皱纹如幼葩。

游天山天池

结伴乘车三百旋，天山四月有奇观。
池鱼冰下春心动，峰影云中剑气寒。
雪踞松林犹凛凛，日临石苑已炎炎。
忽闻穆庙钟声响，不觉身心半脱凡。

退休二岁有感

雁字无踪北斗旋，萧萧落木似飞笺。
开窗品读天山雪，入梦赏观黄海烟。
淡饭清茶皆得味，胡琴翰墨可娱闲。
难求首首新诗好，太极拳中且问禅。

陶天白

1916-2008年，安徽长丰人。新疆伊犁哈萨克自治州教育学院原副教授、新疆维吾尔自治区原政协委员、新疆诗词学会原顾问。著有《画草旁引》等多种。

巩留卡西石门

石门山水峭无伦，云树苍茫画不成。
溅雪飞花寒彻骨，珍禽傍岸啄繁英。

拜　城

山围水绕尽芳华，十里浓阴护万家。
波卧长桥浮落日，绿茵盖地望无涯。

游喀纳斯湖

金微山下一名湖，神秘清幽世所无。
古木四围鸣翠鸟，野花千串似珍珠。
天光云影阴晴乍，夏草冬虫变化殊。
闻道哲罗如巨鳄，红波隐约状难图。

过玛纳斯河

朔漠谁开此战场？隔岸沟垒尚低昂。
驼羊北走成千对，使节东来第一行。
百丈长桥余灼砾，千重急水恼沧桑。
临流无限荒寒意，旭日东升尚觉凉。

岁末闲吟

七七痴龄转眼过，天山南北一沙驼。
探幽未厌甘泉少，载薄犹惭饲料多。
回首送迎怀旧雨，越洋往返赏新荷。
但期四海同安乐，玉帛心香化铁戈。

七十九岁再度访美

七九痴龄转眼过，江湖浪迹愧蹉跎。
青衫白发添新趣，紫塞黄沙忆旧多。
午夜梦回怜月色，异邦春早醉莺歌。
天涯有幸览芳草，滚滚红尘逐逝波。

老兵吟

老兵岁暮庆丰收，放眼神州处处优。
环宇飞航成鼎足，同心远景固金瓯。
沙基公路全绿化，冻土高原响铁流。
传统复兴成异彩，更钦集体树嘉猷。

陶玉琴

1940年生，女，甘肃敦煌人。原任职博尔塔拉蒙古自治州新华书店。新疆诗词学会会员。

画 荷

浅浅清泉细细波，晚来风卷满池荷。
绿丛几点红如火，新出莲花惜不多。

秋 韵

窗外幽花一半残，惟馀野竹两三竿。
奈何一阵黄昏雨，滴碎诗心到夜阑。

画 菊

兴来挥翰意舒张，情寄低昂数朵黄。
聚叶泼成千点墨，敷荣轻染一痕霜。
易安帘畔诗魂瘦，靖节篱边逸韵长。
浓浓浅深移日影，迎风挺立沁秋香。

陶峙岳

1892-1988 年，湖南宁乡人。中国人民解放军陆军上将。曾任新疆军区副司令员、新疆生产建设兵团司令员、全国政协副主席。

开　荒

头枕石头眠，铺地又盖天。
刺刀当犁铲，开出万顷田。

祝石河子总场建场三十五周年

昔日皆荒漠，今朝变田园。
处处成乐土，前景更鲜妍。

紫泥泉种羊场

清风碧草紫泥泉，回首天山望大川。
今朝问计毡房客，他日羊群遍草原。

登阿拉尔第一楼

塔河边上有高楼，此日登临一望收。
景物全非曾几日，无边漠野尽田畴。

题绿风诗会

垂老天山解甲还，每传边讯便开颜。
绿风诗会风光好，我欲乘风度玉关。

塞外江南克木齐①

塞外江南克木齐，屯边垦殖两相宜。
田畴绿染黄沙净，林带阴成道路迷。
戈壁翻身为沃土，阿山遍野走羊羝。
共看金岭千秋雪，化作春潮灌麦畦。

【注】

① 克齐距阿勒泰市15公里，即兵团农十师181团所在地。此诗是1964年作者陪王震将军视察该团时作。

陶新初

1943 年生，山东乳山人。曾在新疆生产建设兵团任职，后调牡丹江工作。牡丹江诗词学会名誉会长。

新疆忆旧

戈壁铺毡暂憩身，风吹沙枣醉人心。
朦胧小试南柯梦，借得胡杨半片阴。

陶德民

1937年生，河南开封人。博尔塔拉蒙古自治州文联名誉主席、新疆诗词学会会员。

赛里木湖那达慕大会

乳海熏风景色妍，野花细雨草芊芊。
四方宾客草原聚，九域游人盛会欢。
袅袅炊烟萦绿树，盈盈湖水接蓝天。
毡房奶酒伴歌舞，笑挽斜阳兴未阑。

就读老年大学诗词班

纵谈古今吟哦事，共赏同窗云锦篇。
默默攻研增颖悟，谆谆教诲释疑难。
春前少雨花虽淡，秋后经霜果亦甘。
挥笔赋诗心不老，百花丛里各争妍。

职少勋

1934年生，河南温县人。石河子市诗词学会会员、新疆诗词学会会员。

风　筝

百丈游丝系九重，可怜踪影似飘蓬。
漫云得意青云路，终在旁人掌握中。

嘉峪关

雪压寒山客路赊，丝丝微雨晚风斜。
边关多少荒凉色，除却芦花不见花。

过哈密

天山积雪照行装，野店秋风古道长。
一洼弱水映寒月，桥头芦花白如霜。

瀚海别友

十里长亭怨别离，无言相对锁愁眉。
天涯此去剩谁识，绝塞今宵独自悲。
月绕屋梁应有梦，鸡鸣野店恐无诗。
迢迢瀚海无边岸，纵使重逢又几时。

人　影

三年瀚海与同俦，风雨凄凉联袂游。
落魄饥寒累汝瘦，穷途潦倒伴侬愁。
交情早许荣枯共，恩爱不因贵贱休。
坐卧未曾离半步，相思那得上眉头。

石河子秋日郊景

石城郊外亦堪怜，秋熟嘉禾万顷田。
陌上晚香开野菊，林端晓日照晴川。
风吹牧草千层浪，柳带新霜一抹烟。
行过小桥流水处，牛羊驼鹿醉蓝天。

游乌鲁木齐人民公园遣怀

路转桥横溪水淙，满园芳草雨余浓。
醉霞亭外迎残照，纪子堂前望远峰。
风送清波飞语燕，花含香雾引游蜂。
边关谁道无春色，一样垂杨绿意浓。

南柯子·乌鲁木齐西大桥小憩

满地飘黄叶，霜林落照红。去来车马各匆匆，一样奔忙心事竟谁同。　　我亦劳劳者，年年类转蓬。天山南北寄行踪，目断晴空乡意羡归鸿。

黄　泛

1925 年生，湖南绥宁人。新疆生产建设兵团原五建会计师，已退休。现为中国楹联学会、新疆诗词学会会员，乌鲁木齐诗联家协会常务理事，著有《沧桑稚韵》。

宝地歌

新疆地广全国首，六分之一领神州。
三山二盆资源富，四化条件得天优。
昔因外受强邻压，内部扰攘民族仇。
大好河山蒙尘雾，万里荒凉鬼神愁。
一从解放红旗展，民族自治树新猷。
原有军队皆转业，组建兵团有远谋。
一面继续卫边防，一面生产拓荒陬。
渠浚千条输雪水，田平万垄扩绿洲。
二百农场先后建，林牧工商相继筹。
内地支边人才盛，汇入兵团建金瓯。
地方农牧同时进，粮棉岁岁庆丰收。
草原绿涌牛羊壮，山野林密鸟声幽。
春风瀚海改旧貌，艳装欲胜江南游。
中途虽经文革扰，幸得三中运胜筹。
迄今改革春潮涌，此地建设势更遒。
现代科技逞威力，风魔沙怪尽低头。
又建城镇十余座，商场栉比尽新楼。
烟囱绿树相掩映，高压输电灌田畴。
更有黉宫四处起，各族学子似骅骝。

天天向上成长速，行看新秀胜前修。
交通开辟旅行便，公路纵横汽车稠。
钢轮滚滚连京沪，银翼隆隆贯亚欧。
青鸟蝉联相访问，骚人寻芳乐唱酬。
商贾货运勤来往，学者科技互交流。
昔年难觅故人处，今日无处不朋俦。
昔年风沙暗日处，今日春光万里浮。
新鲜蔬菜甜瓜果，四季如常供应周。
嘹亮歌声遏行云，婆娑舞姿竞轻柔。
民族虽多情更恰，百鸟同林共啁啾。
更有兵团一奇军，屯垦戍边信可讴。
自思我一江南客，尽瘁此间四十秋。
豪气虽随岁月减，老闲仍喜边城留。
葡萄美酒时一醉，含饴弄孙乐悠悠。
无限风光收眼底，人生得此复何求！
寄语青年建设者，扎根宝地豁远眸。
廿一世纪景更美，腾飞更上百寻楼。

盛　世

新事真堪颂，新人创业勤。
我心忘鬓白，梦逐马蹄尘。

咏左公柳

百年风雪尚昂然，枝叶葱茏冷碧烟。
后植诸林相簇拥，长留先泽艳新天。

步韵谢李般木诗翁惠赠条幅

沉醉非因有酒添，只缘塞上净风烟。
丁辰陋室龙蛇降，启我灵台别有天。

缅怀左宗棠

旅途每见左公柳，方寸辄怀大将功。
鼓角震天歼恶寇，旌旗映月振雄风。
更筹长策联昆季，共建新疆治困穷。
我亦湖湘新子弟，卅年屯垦气如虹！

七十自述

行年七十讳称翁，自笑情怀似雅童。
疾恶诛非钦侠骨，师贤友智慕儒风。
笋排障石成修竹，根咬坚崖挺劲松。
任彼韶光随逝水，鲁戈继舞晚霞红。

邂逅颜律时诗友

一从解放焕金瓯，湘浦青年意气遒。
纷别家园膺远聘，竞来边地震宏猷。
初愁瀚海飞沙暴，今喜绿洲楼阁稠。
卌载重逢忘鬓雪，夸新忆旧话如流。

黄玉奎

1940年生，祖籍广东宝安客家人。现为马来西亚克松石油公司高级润滑油工程师。系中华诗词学会会员、新疆诗词学会顾问。出版有《兼善集》等多种。

题李芝庭先生《塔里木河独木舟》图片

塞上清河水，涟涟接远天。
掀髯飞笑语，落日满渔船。

由吐鲁番回乌鲁木齐车中偶成

红日垂天际，群山渐静时。
铁骑奔跑急，归意总嫌迟。

天　池

西域初秋迎客时，满山红叶换新姿。
天池水冷人情热，皆是题材好入诗。
天山此刻著新妆，云映池中白似羊。
仙境纵然寒气甚，雪莲凝露散幽香。

观白杨沟瀑布

削壁松林迎我临，淙淙溪水人诗心。
彩虹白练相交错，绿野仙踪此处寻。

由乌鲁木齐飞往喀什沿途即景

天山游罢又昆仑，我带朝霞千里奔。
雪岭横陈穿地脉，晴云远布接天门。
百条细水灌青野，万树胡杨成绿村。
极目天涯荒漠地，炊烟起处是军屯。

黄念勤

1931 年生，湖北蕲春人。新疆外贸学校原校长，高级讲师。新疆诗词学会、兵团诗联家协会会员。

1955年乌鲁木齐国庆

胡天八月即飞雪，诗里夸张未足凭。
到此方知言不假，白飞红舞伴游行。

送友返故里温州

万里春风过玉关，桃红柳绿伴君还。
江南塞北情长在，来日相逢雁荡山。

贺金婚

迎来白发庆金婚，邂逅红楼昨似今[①]。
紫禁城边扬比翼，昆仑山下献青春。
洞明事理胸襟阔，参悟人情爱意深。
迟暮有缘逢治世，亲朋志贺喜迎门。

【注】

红楼为北京大学原主教学楼。

赴济南机窗景观

朝霞映照别天山，半日航程到济南。
云海绵延下有雨，晴空万里上无烟。
黄河似带涓流细，祁岭如丘咫尺间。
小歇咸阳舒小倦，移时已现水涵山。

忆江南·参观李清照纪念馆

泉城好，名士自多情。千佛山中寺隐隐，大明湖畔柳青青，朝夕恋文星。　　词人忆，此馆最相宜。漱玉联珠词一览，录金序石记无遗。叠韵也称奇。　　词人品，伤乱见忧民。不过江东思项羽，宁为玉碎拒金人。爱国此情深。

浣溪沙·惜别离

雨过天开月色清，树梢残滴闪晶莹。赴疆前夜记分明。　　夙愿未酬空有恨，新盟待证尚无凭。更兼尘世路难行。

虞美人·情误

而今始觉当时误，千里迢迢路。杏花四月满枝头，联想故园携手兴同游。　　夜深月白人憔悴，辗转难成寐。与侬如有再生缘，莫道精神之恋到团圆。

水调歌头·梦怀亡兄

一觉长辞世，倏忽已经年。昨夜兄来入梦，手足又团圆。同去东湖赏胜，即兴高歌放饮，乘醉舞君前。黑发正年少，风度俱翩翩。　　薄寒袭，梦魂醒，转凄然。十年动乱，久绝音讯问温寒。更叹营生乏术，来由涓埃相助，思此泪涟涟。且喜高堂健，慈爱暖心间。

黄瑞祥

山东人，退休后定居烟台。曾任乌鲁木齐军区政治部副主任。新疆诗词学会会员。

金秋感怀

金秋景色喜斑斓，往事追思甚怅然。
疏勒西奔三百里，昆仑直上五千旋。
天山瀚海勤勘探，哨所边关屡往还。
耄耋拳拳唯一愿，红旗代代有人传。

萧文智

1934年生，河南荥阳人。曾任博州政府人才交流中心、州职改办主任，现为州老年诗画学会、新疆诗词学会会员。

学微机抒怀

翁媪欢欣进校门，习研电脑自怡神。
青春气壮奔波急，皤发志坚笃学真。
程序熟通夸快捷，键盘操作重精勤。
躬逢信息新时代，晚景攻关倍觉珍。

夏游乌鲁木齐白杨沟

盛夏南山恣意游，凉风拂面白杨沟。
黄花绿草云松直，幽谷苍岩泉水流。
谈笑登巅何谓老，欢歌曼舞乐难休。
喜临消暑神仙地，岭壑风光一览收。

曹承荣

1933年生，湖北武汉人。新疆维吾尔自治区纺织集团公司离休干部。新疆诗词学会、兵团诗联家协会会员。

梅园早春

江南风景艳，岸柳引诗骚。
红雾增春色，白帆逐早潮。
梅岗超圣境，竹坞胜琼瑶。
写入丹青内，传神雅趣高。

水磨沟公园

泉涌欢歌碧水流，榆杨繁茂小风柔。
长廊微显绿茵醉，亭阁深藏曲径幽。
佛庙灵光迎远客，碑林文气壮高秋。
双休节假春秋夏，一览风光不胜收。

重阳思故人

白云尽处是家乡，往事追思倍感伤。
江邑夏荷争雨露，轮台秋菊傲风霜。
椿萱抚爱常回忆，兄弟情深久不忘。
对酒思亲肠欲断，人间天上两茫茫。

天净沙・西园晨练

朝霞曲径花坛，小桥翠柳朱栏，广场长廊绿毯。碧波湖畔，轻歌曼舞同欢。

蝶恋花・海南岛

南海碧波浮翠处，改革春风，添色南天柱。五指峰藏云里雾，万泉欢颂新辞赋。　金鹿岭前明镜曙。雪浪腾飞，鸥鹭争相逐。海角天涯椰子树，游人尽兴忘归路。

戚长生

1933 年生，女，山东黄县人。俄语翻译。新疆诗词学会、兵团诗联家协会会员，乌鲁木齐诗联家协会理事，著有《秋韵诗文集》。

怀念小平同志

伟略开新纪，南巡定大猷。
神州欢庆日，喜泪为公流。

大漠勘探者

足下寻新路，轻车背我行。
云低天欲暗，身后响驼铃。

赴喀什路上

大漠无垠夕照昏，弯弯小路印辙痕。
黄沙漫卷丝绸路，红柳轻摇迓远宾。

西部大开发

钻塔隆隆大漠喧，喜闻亿吨产油田。
火龙翻转星空舞，孔雀西来助管弦。

过精河天吉尔大坂拜访牧民

尽岫寒崖百丈悬，松林深处起炊烟。
牛羊安逸坡边动，鹰鹫飞腾岭际旋。
牧马天高连远树，放歌谷邃慰幽兰。
毡房留客奶茶敬，兴及冰峰赏雪莲。

苏幕遮·纪念长征70周年

雁南飞，寒气逼。井冈阴霾，国际歌重起。万里征程从此计。成败抉择，遵义红旗举。　越高山，爬雪地。赤水滔滔，大渡河流急。但问苍天何所示？革命宣言，举世传奇迹。

苏幕遮·叹百灵鸟

巧玲珑，娇小妹。亮嗓歌喉，百鸟群中最。飞进黄金屋里睡。一夜风情，落得笼中馈。　眼迷茫，心也累。富贵荣华，转瞬付流水。只为虚荣今日悔。苦了爹娘，惊了九千岁。

忆江南·寄友抒怀

春将至，别梦逐流光。夜半琴声弦断处，惊雷雏燕落危梁。怎奈风雨狂。　　临晓镜，两鬓已成霜。翘首扬鞭励儿马，奋蹄跨灶戍边疆。美酒共斜阳。

长相思·写给在国外的女儿

草青青，路迢迢，别后常吟游子谣。相思人易憔。　　话常通，喜眉梢，异国他乡细细聊，心潮逐浪高。

忆秦娥·边城春雪

残冬却，凉风爽送初春雪。初春雪，飘飘洒洒，难忍离别。

边城美景倩谁拮？江郎妙笔无缘乞。无缘乞，绒花飞舞，漫天蝴蝶。

鹧鸪天·雪后博乐人民公园

雪霁博河耀眼明，风微草浅马蹄轻。小桥流水有人往，孤影寒鸦向客鸣。　　渠道寂，薄冰凝，柔枝细柳缀淞霙。迎宾度假郊村静，野鸭停飞缓缓行。

龚时安

1925 年生，陕西城固人。新疆八钢中学高级老师。新疆诗词学会会员，著有诗词集《壮歌行》。

寒梅赞

天启春光第一花，人间高格艳如霞。
只因气节超桃李，冰雪堆中孕玉葩。

读书一得

墨池笔冢任纷纷，参透书禅未易论。
细取孙公书谱看[①]，方知渠是过来人。

【注】
① 孙公即孙过庭，著有《书谱》。

采桑子・重阳诗会

重阳兴会韵铿锵，诗意芬芳。词意芬芳，耆老情醇万里香。　　蓦然回首心欢畅，艺苑辉煌。文艺辉煌，盛世同歌乐小康。

龚青云

1934年生，安徽合肥人。新疆生产建设兵团八一棉纺织厂原厂长，高级工程师。现为中华诗词学会、新疆诗词学会会员，石河子诗词学会副会长，兵团诗联家协会副主席。

林下秋兴

寒霜动摇落，继降中秋雪。
劲草疾风知，何人侍明月。

雪　晨

雪落远林空，寒乌点点溶。
窗花人近谢，千树玉凝凇。

桃恋于沪

天山昨夜醒东风，万树桃花粉面醲。
蜂蝶姻缘休怨短，年年春意总匆匆。

寒戍曲

铁马冰河系梦寒，阳光初渡饮楼兰。
流年五十风花月，柳雨禾风散紫烟。

千岛湖游

碧波万顷岛连环，竟使蓬莱相比难。
西子三千湖未满，垂弦百丈线无弯。
瑶池王母思迁久，素璧姮娥埋怨寒。
一坝成池断流处，之江曲折富塘安。

天池游

瑶池西望接天宫，纵马琼山兴未穷。
万壑风来松舞月，一船犁破浪凌空。
骆驼惊起神游梦，马奶香飘诗意浓。
卧听毡房篷外雨，乡思一夜到吴东。

丙戌端阳作

雾锁湖山晨色朦，莺黄竞啭出芳丛。
风吹云散横眉黛，浪歇鱼讴羡塞翁。
岁岁端阳皆敬酒，茫茫瀚海却飘蓬。
常将雪岭汨罗梦，化作轻烟绕楚宫。

鹧鸪天

昨夜相思梦里多，闲穿红豆漫吟哦。无情岁月空留去，有恨清宵共折磨。　　池岸柳，水中鹅。轻舟春雨共烟波。清风人醉桃花渡，燕剪轻狂似着魔。

临江仙·秋意

欲理秋风霜点鬓，萧萧枫叶凋残。声声每绕梦阑珊。江淮烟渚暗，塞上雁群还。　　半世浮沉随浪逐，流年误了龙泉。吟哦折断许多弦。天山看积雪，陋室听风寒。

临江仙·妙真圆寂

一鹤冲天霄汉去，绛珠一别红尘。红楼梦里夜深沉。灵河泉枯否，谁悯葬花魂。　　夺利争名方演烈，舞台老了青春。人间繁杂正纷纭。许多红粉泪，暗地拭瘢痕。

临江仙·准东油田

阵阵弦歌沙海月，忽来惬意凉风。沙沙响叶下霓虹。工朋休憩处，轻语笑谈中。　　君信千寻园外是，沙黄草白山红。一从探海戏油龙。漠塬今锦饰，几点绿葱葱。

崔恒山

1936年生，河南滑县人。呼图壁河流域管理处原办公室主任，现系新疆诗词学会会员、呼图壁诗词学会副会长。

呼图壁芨芨坝风光　二首

（一）

从从红柳伴胡杨，回哈毡房奶酪香。
花帽轻盈歌舞美，琴弦陶醉小巴郎。

（二）

春风送暖草青青，杨柳葳蕤掩画亭。
犬吠禽鸣花暗笑，引来仙客舞娉婷。

呼图壁河管理处院内红枫树

秋风节令满园红，疑是香山在此中。
不妒梅兰娇态美，只和岁月竞峥嵘。

少年离家有作

离乡背井浪天涯，何处关山是我家。
面对迢遥平仄路，雏鹰展翅泪飞花。

呼图壁世纪园

鸟语花香世纪园，沧桑巨变史无前。
登山问水乾坤秀，切影穿光日月鲜。
固步闻声钟撼宇，祥龙唤雨凤成仙。
群雕栩栩惊舆地，曲径通幽别有天。

呼图壁河青年干渠渠首

渠首闸门对虎山，横空出世两峰间。
千支玉剑擎明月，一道铜墙当隘关。
碧野无垠煌峭壁，高涵有意壮青峦。
昔年恶水今诚贵，遗迹闻名一景观。

符中文

1942年生，湖南益阳人。新疆地矿局第一水文地质大队高级工程师；新疆诗词学会会员、乌鲁木齐诗联家协会秘书长。

南澳海滨

翠载白云朝海眺，秀色浮空满屿高。
群楼竞拥天头映，破浪健儿意气豪。

观野马古生态园

古今生态史绵长，今辟公园美益彰。
野马濒危归故里，胡杨茂盛换新装。
嶙峋怪石呈新貌，烂漫奇珍放艳光。
陶醉瑶池游客乐，天工杰作世流芳。

纪念孙中山诞辰140周年

先驱革命千秋业，自由民主造共和。
大同思想兼博爱，公仆精神列楷模。
扶助农工联国共，恢弘志士导先河。
福祉延今兴盛世，中华重整放高歌。

仿满江红·乌鲁木齐红山

日照红山，方显出巍峨壮丽。松树古柳擎云，俯荫草地。流水潺潺流不断，花香缕缕飘无际。竞登攀，健步仰林公，争先至。　纵情望，边塞秀；高阁耸，车流急。看边城妩媚，倍增怀忆。各族人民齐努力，经济腾飞风雷激。到如今，新旧两重天，来非易！

符锡琛

1931 年生，浙江黄岩人。新疆农业大学副教授、新疆诗词学会会员。

冬游惠州西湖

紫荆花树满湖滨，灿若红霞醉煞人。
谁信今朝已冬至，岭南西子四时春。
孤山灵秀绿葱茏，一塔玲珑衬碧空。
凭吊东坡夫子迹，六如亭畔思无穷。

边城春雨

庭州难得此甘霖，飘洒淋漓慰客心。
极目城乡添秀色，放怀寰宇待佳音。
乌河水满银鳞跃，雪岭云横绿树森。
更喜金瓯今涤荡，光风霁月听瑶琴。

暑假南山游

穹庐一梦暑疲辞，烟雨天山霁后奇。
芳草绿柔弥甸城，松林苍劲接天墀。
云姿山色三维画，鸟语泉声七律诗。
心旷神怡登顶去，鲜菇归拾意如痴。

丙子新春感赋

韶光易逝又新春，岁月磋跎愧望尘。
矢志农工充纽带[①]，献身桃李勉传薪。
岭南垦殖胶园茂，塞北耕耘沃壤臻。
梦绕魂牵机电化，唯期稼穑少艰辛。

【注】
① 吾从事农业工程专业，人称为工农联盟纽带。

我与诗词

息影衰年学作诗，个中得失寸心知。
推敲纠字披衣起，斟酌更联进食辞。
功利无求多快意，精神有寄少悲思。
嘤鸣融入东风里，催绽芝兰赤县菲。

临别赠星汉教授

巩宁有幸结诗缘，问字推敲格律传。
一课为师余受益，十年主事众推贤。
高歌丝路扬声远，惊句钱塘回味绵。
地北天南难阻断，星光灿烂照无眠。

游诸暨五泄瀑布

名胜深藏峡谷中，山封水护隘重重。
登临幽径松樟伴，横渡澄湖鸥鹭逢。
一道清溪源自远，五层落瀑势弥崇。
平生偏爱求根底，攀上巉岩觅始踪。

秋游西溪

金风送梦到西溪，湿地丛林曲径迷。
柿果红霜红胜火，芦花未雪白如栀。
浮舟游客歌声脆，垂钓渔翁神态怡。
绿漫三堤人福寿，烟村水渚我依依。

重到西湖

钱塘重到隔经年，山色湖光入目鲜。
保椒初阳迎远客，雷峰夕照挽归船。
长堤烟柳人如织，曲院风荷花欲燃。
更喜水湄施重笔，升平西子益妆妍。

康国桢

1935年生，甘肃通渭人。新疆文化艺术研究会副会长，新疆书法家协会、美术家协会、新疆诗词学会会员。

游天山神秘大峡谷

天工造物易神通，路转峰回景不同。
仰望青天成一线，摩崖石窟觅仙踪。
群山雄峙势如奔，孔水扬波绕铁门。
古道黄尘征战地，英雄碧血铸精魂。

过赛里木湖遇雨

轻车驶过赛湖边，沐浴娇娥浸玉泉。
胴体岂容邪魔渎，天公化雨掩珠帘。

为玛纳斯红柳生态园画红柳骆驼图题诗

万亩郊原红柳滩，凌霜斗艳傲风寒。
黄沙古道骆铃响，展翅雄鹰搏九天。

游库车青龙池

为赏龙池拾级攀，山岚雪霁景观妍。
崔嵬赫岭镶明镜，潋滟青波荡碧涟。
涧壑垂帘银瀑泻，松涛奔马霹雷喧。
金秋萧瑟层林染，泼墨挥毫赋画笺。

阎 夕

1968 年生，女，山东东明人。新疆生产建设兵团农七师《奎屯日报》社记者，新疆诗词学会、兵团诗联家协会会员。

太阳雨

惊梦魂缥缈，抬头日正高。
云涛忽踊跃，倏作雨飘飘。

雪

水凝晶莹爱成痴，六出仙葩挂满枝。
春色藏胸风骨在，冰心一片见丰姿。

三 月

塞上寒天雪和泥，茫茫四野暮云低。
应知大漠春风里，总有诗情伴朝期。

咏 春

昨夜东风过短亭，呢喃燕语细叮咛。
天山玉塞流连处，杨柳枝头一片青。

西公园

碧水春池一镜平，青青杨柳绕园生。
边关新著江南彩，姹紫嫣红喜送迎。

魔鬼城猎奇

楼台缥缈路迢遥，风蚀天然自镂雕。
游客猎奇来复去，笑言魔鬼满城嚎。

松树沟纳凉

金山风景最新奇，云卷云舒绕碧溪。
莫道人间无上下，青松小草志云泥。

风城沐雨

低飞雨燕随云落，高卧寒山抱月眠。
千古风城埋硅骨，纷纷细雨落胸前。

阎树铭

1934年生，山东莱州人。乌鲁木齐市荒莱公司原党委书记、高级政工师，现为中华诗词学会会员、新疆诗词学会顾问。

九家湾故城

古郡轮台北，碑阴独向今。
开疆插新柳，辟土守边心。
四水兴村落，五城跨绿浔。
梦依边塞月，归雁苦相寻。

红　柳

玉关无意借春风，瀚海羞争树影红。
片叶纵然零落尽，柯坚固碛本初衷。

回忆大西沟野营

大漠雕盘一水斜，小村寂寂见桑麻。
衔枚落月关山夜，劲旅沟中便是家。
铁马金戈万里情，旗翻星月练兵行。
寒光满碛孤村暗，静夜遥闻犬吠声。

北塔山剿匪

西征军旅未还家，冰雪新霜拂剑花。
形势鼓催分虎竹，安民北塔奏边笳。

将军沟伐木

飞檄驱师三十里，戍麾壮丽柳营沟。
千里林海奇峰碧，万顷松涛绝壁稠。
战士龙荒战风雪，将军雪岭写春秋。
人生难忘英雄曲，伐木丁丁壑谷幽。

蝶恋花・驻惠远

战火悲歌惊塞迥。旧垒横烟，万绪危城景。幕府鼓楼孤野静，将军大树霜风逞。　书剑相随当此境。为斩楼兰，虎帐缨请。难得筹边残梦影，输情伊水和诗咏。

蝶恋花・冬情

一夜梨花寒意猛。寂寞关山，遍地银蛇影。瀚海冰封千里静，无踪万径松杉冷。　萧疏厌看风雪岭。低语天公，借我江南景。挥别严冬春早醒，蹴红踏绿先驰骋。

水调歌头·新出塞

瀚海载星月，空阔骋天山。春风莫道他日，杨柳伴悲欢。回首金戈铁马，玉笛边笳夜泣，往事竟茫然。已去驿亭燧，相与舞蹁跹。　　古丝道，驼影梦，记心间。男儿志在屯垦，长策话筹边。饱看春潮花艳，闾舍骈阗百族，灯火望炊烟。耳畔闻征鼓，新路跨金鞍。

西江月·登惠远钟鼓楼

古渡伊河凝碧，当年画角惊鼙。大城雄镇夕阳西，梦里关山迢递。　　今日鼓楼安谧，遥村烟树凄迷。戍边屯垦话中题，玉帛干戈此际。

金缕曲·修兰新铁路大河沿站

疑似胜金口。大河沿，赤山突兀，火云凝厚。晴日无端迷远近，百里飞扬尘垢。泯怨恨，春风杨柳。轨引驼踪寻汉迹，搭窝棚，筑路东西走。大会战、显身手。　　守边战士频昂首，鼓声催、朔风飒飒，铁龙狂吼。一曲高歌《新出塞》，迎送楼兰星斗。喜广漠，桥横功就。烽火台边今又报，旧边垣，新站成枢纽。闻汽笛，举杯酒。

阎福雄

1962 年生，原在乌鲁木齐铁路局三产办公室工作。新疆诗词学会理事。

迎 春

炮角喧天晃立春，昆山肃穆雪无垠。
诗心久耐翻新绿，期待东君御辇巡。
久居西塞雪为邻，许与天山近半旬。
五月奇寒不足惧，野花坡遍那教春！

梅花三弄

一夜鹅毛雪掩门，檐前尺径浅风痕。
蓬遥陔上花枝崭，运笔香中雪蕊尊。
凭得冰肌铮傲骨，撷来异檀铸诗魂。
如君若使延年老，可与梅花入盏温。

风 筝

甥讨飞鸢燕络纹，青描绢面篾成筋。
扶摇风举需晴日，丝绕魂牵摩碧云。
放纵无非心澈悟，张弛有度道初闻。
浮沉一线垂于柄，唯叹萦纡我与君。

病 中

逝者悠悠不可追，余生有幸仰崔嵬。
殷勤每欲奉新酒，惭愧未谙医病梅。
晋竖今春偏犯我，旗亭何日可传杯？
每从枕畔思痊后，绛帐聆诗带月归。

鹧鸪天·秋钓

欲使灰蓬泊静流，澹然烟水往来鸥。羁留湖畔尘心驻，望对青山落日收。 斜斗笠，挽鱼钩，一杆挑起半江秋。村边买酒船头醉，只钓清波不钓愁。

梁德元

1940 年生，山东齐河人。新疆生产建设兵团农七师史志办公室原主任，副编审；奎屯诗词学会原副会长。新疆诗词学会、兵团诗联家协会理事。

奶 茶

窈窕铜壶衔玉碗，白蛇吐蕾戏青龙。
凝汤淡雾三春帐，款款长裙绿漠风。

名 门

名门闺秀倾城色，雅韵华风气自亭。
缕缕心香柔若雾，伴君一刻慰平生。

喜读华日晶先生《晚明楼诗话》感赋

志事嘉成意未休，诗心半醉晚晴楼。
沧桑有梦吟平仄，雅韵高风竞自由。

重　阳

菊花煮酒醉千番，数尽风流兴正酣。
探胜寻幽微妙处，登高望远阔新天。
瑶空散彩诗文好，意态凝神境界宽。
豁朗无心享岁岁，青山绿水总相关。

编年鉴

东风岁岁来相唤，总馈痴情在案头。
逐业存言凝卷帙，连年纂构续春秋。
虹腾剑气独经纬，水润萧心广智谋。
待览芳华怡倦眼，天高地厚路悠悠。

《农七师年鉴》首卷出版发行

丹霞皓雪斗娇妍，百事平常纸墨鲜。
倥偬一年一卷录，峥嵘万象万家传。
春风大雅无声雨，器句微拙有寿篇。
惯令文章排舰阵，潮来任我放风帆。

母校百年华诞

京师唤我未成行，此刻华堂盛仪隆。
远望为归云障眼，小吟当贺笔陈情。
洁身自有天山雪，励志常燃大漠风。
侧耳聆听遥渐近，高空响彻祝歌声。

退　休

望海悬河北畴平，耕读代代养家风。
京华日月负笈处，关塞犁枪报国情。
忙里学学学渐进，专业事事事初成。
从今意愿得辽阔，半倚闲云赏月明。

寄萍生

1931-2007 年，重庆市人。新疆阿克苏东城 1003 公里邮电交换站退休职工。新疆诗词学会、阿克苏地区诗词学会会员。

乙亥秋重游柯柯牙

九载韶光去若流，柯柯牙地又重游。
喜看林海千重浪，无复黄尘万丈愁。
改造自然成伟绩，平衡生态展新猷。
剧怜诗叟豪情满，铁塔登临最上头。

游黄果树瀑布

黔西黄果树无伦，天下奇观壮古今。
幽壑奔雷传雅韵，空山灵雨洗尘襟。
崖悬白水诗情满，岸拥青林画意深。
更爱犀潭波浪阔，虹飞雾锁认难真。

登新和县烽火台

夕阳残照古烽台，倦客登临亦快哉。
莽莽平沙舒望眼，滔滔诗思漫胸怀。
人间历史兴亡苦，世界风云战伐哀。
难得神州今胜昔，金瓯无缺赋归来。

隆国宝

1929-2004 年，苗族，湖南华恒人。新疆皮山县石油公司退休干部、新疆诗词学会原会员。

咏 竹

破土谁怜出世艰，淇园簇簇水湾环。
诗人莫漫耽清趣，我爱此君风骨顽。

咏 兰

谷地森林郁早春，餐风饮露铸精神。
幽居不竞群芳艳，九畹灵根最可人。

咏 扇

瘦身细骨团团面，送爽驱烦消困倦。
尘世炎凉口舌多，清风不为人言变。

和田纪行

昔日地窝今不见，荫浓夹道遍新村。
树青草茂原原秀，日丽风和甸甸温。
葱岭年年添瑞色，天山岁岁起兰荪。
宾朋竞赞新疆好，争献丹诚灼玉琨。

彭甫生

1939 年生，湖南宁乡人。新疆生产建设兵团农六师红旗农场教师，已退休。新疆诗词学会、兵团诗联家协会和石河子诗词学会会员。

午夜巡渠

夜到三更最冷清，虫儿不叫鸟潜形。
多情只有渠中月，漫逐微波伴我行。

秋日棉田即景

絮似鹅毛叶似枫，姑娘着绿又穿红。
棉田一幅丰收画，任是名师画不工。
棉云铺向白云边，千道林墙一网联。
绿洲真比桃源美，南飞雁队也流连。

石河子市游憩广场瞻仰王震将军塑像

英雄形象沐朝阳，立马广场神采扬。
功业早辉秦汉月，壮心日夜护边疆。

第十一届中华诗词研讨会在石河子召开

花正娇妍果正香，石城秋景胜苏杭。
太平盛世兰亭会，喜见群贤唱大江。

文成公主

莽莽高原曙色开，文成公主驾云来。
夫妻恩爱兴文字，黎庶安康用药材。
禾黍青青农历准，楼台灿灿百工才。
会盟碑记千秋事，汉藏深情孰可摧。

武则天

五十年中掌纪纲，当初原是一娇娘。
勤修朝政三春雨，横扫权臣九月霜。
捍卫金瓯倡武举，振兴水利重农桑。
须眉天子朝朝有，几个功勋似女皇。

西江月·中国女排取得五连冠

攻似山头跃虎，防如海面腾蛟。钢锤舞动起狂飙，五令群雄倾倒。　　硕果团团老干，鲜花簇簇新苗。园丁汗水苦心浇，排苑青春永葆。

彭深友

1933-2003 年，湖南醴陵人。中学一级教师，曾在新疆工作，后回故乡定居。中华诗词学会、新疆诗词学会会员。

暮投七角井

久坐车厢困欲眠，举头戈壁望无边。
转弯忽入蓬莱境，人语灯光织暮天。

三台途中

细雨空蒙入望迷，春山客路草萋萋。
计程应是三台近，向夕时闻马乱嘶。

初至伊犁

边城异彩画难如，十里长街锦绣铺。
夜色才临歌舞动，消魂人若寄方壶。

西行绝句

独上边楼瀚海平，卡车飞越小于蝇。
春还莫道无行迹，在处屯田宿麦青。

巴音沟

客途微雨动春寒，暮色冥蒙欲驻鞍。
遥望驿楼何处是，撩人羌笛隔云端。

天山果子沟行

谷量牛马草离离，岩雨霏霏望转迷。
何处紫髯供乳酒，相邀一醉塞云低。

疏勒道中

绿杨夹道午阴长，桑葚初红煮茧香。
谁意龙堆归思日，风光直逗马蹄忙。

登疏勒故城

边野苍茫草树稠，西阳呼侣一登楼。
半生围猎风从虎，十岁当天气食牛。
细柳营生回归梦，塔河浪啸进新讴。
阑干拍遍情无限，望里山川处处遒。

丝路抒情

垒荒壁圮堠无烟，玉帛情深四十年。
雾敛金山光夺日，晴薰古道柳吹棉。
穹庐星列三边静，牛马沟量百卉鲜。
会挽瑶池一方水，平沙洗尽浊尘天。

彭敬信

1965年生，河南永城人。新疆维吾尔自治区检疫局干部，新疆诗词学会、生产建设兵团诗联家协会理事。

题王超海《诗竹歌》

枝叶摇曳皆成字，超海画中藏诗句。
谁说青竹不能言，竿竿尽诉戍边事。
王君戎马三十年，日正当午急流退。
战士复员开先河，商海洒尽英雄泪。
置之死地再逢生，绘画作书下苦功。
面壁十年终有果，诗竹一出世人惊。
笔酣墨畅意境妙，板桥窗外风怒号。
一幅墨竹一首诗，诗情竹意两相俏。
《将军诗竹》气磅礴，势比昆仑更巍峨。
叶如刀剑杆如戟，两军对杀鸣鼓锣。
《友情诗竹》意真切，岁月燃烧似火烈。
天山朗月哨卡风，齐注笔端绘竹节。
情自真切意自专，诗竹誉满天地间。
竹乃世间虚心物，君子国里众芳呼。
久居山中气自华，欲去媚俗看诗竹。
我本超海麾下兵，聊以书画度此生。
无奈才薄难成器，只得转业做他工。
超海精神令人佩，大弃大舍大智慧。
不恋职权不图荣，千金散尽还复生。
得失本是一念间，人生成败皆须欢。

君不见超海心胸宽广从容笑，不示宠辱他人观。
君不见六旬依旧桃花面，夕阳正是灿烂天。

贺阿克苏姑墨印社成立

姑墨印人欣结社，流风雅韵继西泠。
捉刀直欲追秦汉，意匠如神变化生。

菩萨蛮·无题

无言伫立残阳里，乱花狂絮随风起。天际断归鸿，离秋日暮浓。　　解忧堪饮酒，愁又偏偏有。辗转不成眠，一窗明月寒。

斯·巴孜克尔

1940-1992年，蒙古族。曾为新疆师范大学中文系讲师。新疆诗词学会会员。

初 雪

白雪纷纷落，满园结硕果。
来岁卜丰收，黄金堆麦垛。
天山披银甲，青松带玉花。
风光无限美，远客漫思家。

董公恕

1917 年生，天津市人。哈密铁路医院原内科主任，主任医师，已离休。新疆诗词学会会员。

春 耕

陌头添柳色，遍地起春耕。
一日犁千亩，唯闻马达声。

偶 成

青山夕照忆鲈莼，伏枥雄图尽是春。
假我数年重学易，于通变处究天人。

感 事

五步一楼十步阁，恁般廛里酒家多。
挥金举箸皆公款，徒为扶贫唤奈何！

庆祝自治区成立四十周年

铁龙驰骋三天路，银燕飞翔半日程。
欲上京华观胜景，何须更策蹇驴行。

董正义

1926年生，山东青州人。新疆生产建设兵团农八师第二毛纺织厂原政委。新疆诗词学会及石河子诗词学会会员。

喜闻新疆建成我国最大风力发电站

振臂呼天矜物华，乾旋坤转乐无涯。
借来风伯千钧力，化作光明送万家。

农场采风纪事

哥绣良田妹绣葵，万千红紫斗芳菲。
沿途顿觉诗囊重，足底迟迟不忍归。

天山寄情

西望龙沙百感生，退休别塞寓江城。
经年未饮天池水，常问天池阴与晴。

吟海垂钓

笔作长竿心作纶，欲从吟海钓诗魂。
朝朝耐得千般苦，风雨飘潇杨柳津。

董景阳

1938 年生，河南荥阳人。原七一棉纺织厂工程师，现为新疆诗词学会会员。

神七飞天

神舟七号载人船，一箭冲天自往还。
跨出舱门取试验，太空漫步乐悠然。

渔歌子·塞外好风光

大漠胡杨景色娇，雪莲寒茂伴盘雕。
红焰艳，彩霞飘，牛羊骏马绿洲遥。

蒋祖慰

1962 年生，湖南永州人。乌鲁木齐市第十一中学校长，高级教师。新疆诗词学会会员。

南山悟禅

松影临窗早，青峰人梦迟。
泉声藏地理，鸟语露天机。

博乐行

四面青山净俗尘，平川辽阔绿如茵。
清风细雨时相伴，洗尽峰峦晾白云。

韩 斐

1932-2003 年，甘肃酒泉人。新疆伊宁市计划委员会退休干部。新疆诗词学会会员。

书室自赏

蜗室不盈丈，诗书有异香。
安贫天地大，不羡拜金郎。

伊犁河掠影

银带蜿蜒去，漫漫无尽头。
风吹绿河岸，日照白沙洲。
戏鸭群浮水，游人轻荡舟。
苍山托云海，极目兴悠悠。

梅兰芳周信芳百年诞辰演出观感

粉墨悠悠二百秋，风骚独领数梅周。
曲高不虑和声寡，喜看新苗尽一流。

梦游故乡

故里东归亦快哉，儿时胜景梦中来。
泉湖瘦月人陶醉，古刹疏星客旷怀。
大寺飞檐摇铁马，钟楼挂角展旗牌。
文殊二百八十寺，只待春风叩殿开。

休闲乐

家居始觉桑榆寂，艺海行舟乍鼓帆。
聚友二三研李杜，邀朋七九唱裘谭。
真卿翰墨临苍劲，白石丹青法峻酣。
莫道夕阳多暮色，笔耕犹未解征衫。

韩承峰

1971 年生，甘肃兰州人。新疆华洋实业集团工业有限公司职工。新疆诗词学会会员。

春　柳

细雨初停悄换妆，晨风莫道不芬芳。
北归燕子争春下，一抹青茏醒大荒。

吉木萨尔深山避暑

极目辽原醉雪山，白云深处去为仙。
涧开幽谷清风满，雾笼斜崖细雨绵。
高卧松荫参鸟语，闲观溪月破狐禅。
毡房露起闻归讯，一日偷凉忘暑天。

木垒行

轻车笑语行云逐，影入南天峰雪晴。
泉洒不归山外客，驼铃摇过梦中城。
大潮吐日龙珠灿，广漠乘风春意萌。
料峭残冬增艳色，争相郊外放风筝。

程　峰

1954 年生，陕西西安人。现役军人。新疆诗词学会会员。

塞北五月雪

柳绿桃红映晓星，忽来飞雪逐寒风。
遥看花树絮中舞，疑是红妆披素篷。

相聚阿山有感

一入阿山万象更，边陲三伏沐清风。
水流百态舒人意，山耸千姿若鬼工。
雪岭晶莹连树绿，湖光潋艳映花红。
诸君来到山河喜，愿留长住此山中。

一剪梅·秋月

相聚阿山数日中，来也匆匆，去也匆匆。神湖苍岭雾朦胧，风起从容，雨落从容。　　相与倾谈兴味浓，南北西东，海阔天空。分襟何日再相逢？山隔重重，水阻重重。

程维煜

1938年生，湖北云梦人。原新疆四运集团工商公司教导员，现为新疆诗词学会会员。

并蒂胡杨

六围老树耸云间，战碱防沙数百年。
异叶同株荫大漠，并肩携手立楼兰。
幸邻古寺蠲刀斧，喜发新枝谢昊天。
九死一生经万劫，有功无赏却心安。

谒东汉黄香坟

黄公坟墓何处寻？云梦城北有遗村。
江夏幼童孝鳏父，银章俸禄济寒贫。
令德不让真公仆，垂范足式后代人。

诗人节吊灵均

龙舟角黍吊先贤，神往两千三百年。
桔颂九歌成绝响，怀沙哀郢有余寒。
汨罗波涌悲都破，鸾凤音嘶恨国残。
生面别开辞赋祖，丹心万古照云天。

舒春光

1941 年生，甘肃康乐人。新疆丝路书画院长、中国美术家协会会员。

题瀚海明驼图

惯将汗水滴黄沙，四十年来鬓已华；
羞煞平生传姓字，行囊画笔走天涯。

海市蜃楼

昆仑如剑倚西天，碛里风尘路八千。
蓬岛桃源倏忽现，黄沙依旧一怆然。

深林寻幽

烽火台前忆往年，苍茫瀚海变桑田。
林深渐觉入佳境，夏不酷暑冬不寒。

题大漠风光图

岑公履齿渺难寻，瀚海羁留二十春。
画笔染成风与雪，墨痕水意觅知音。

天山拾句

独有山花一树明，飞泉云影尽诗情。
蜿蜒峻岭青如黛，天外数峰银铸成。

鲁正之

1942 年生，河南郑州人。新疆诗词学会、兵团诗联家协会会员，阿勒泰诗词学会会长。

夜　绘

展开宣纸伴孤灯，水墨丹青意里行。
笔走龙蛇微妙处，寒来暑往苦经营。

观潘天寿荷花图

妙笔如神动亚欧，残荷一叶百花羞。
若非手触堂前画，定持长篙弄小舟。

喜庆澳门回归

东珠香港已来归，又见澳门相继回。
从此殖民终禹甸，台湾孤岛欲何为？

垂老有感

人生苦短类蜉蝣，华发盈头志未酬。
都道夕阳无限好，岂同草木殁荒丘。

道·李加拉

1946 年生，蒙古族，新疆和静人。巴音郭楞蒙古自治州人大常委会原办公室调研员，现为中华诗词学会会员、新疆诗词学会常务理事。

白鹭洲

水天连一色，人在木兰舟。
欲觅桃源国，先游白鹭洲。

塔中森林公园

一入沙滩路，胡杨绿眼帘。
百禽飞上下，众水向东南。
草碧羚羊恋，林深野兔探。
谁知荒漠里，有此一桃源。

冬月赴巴音布鲁克

落木潜龙月，轻车向草原。
轮飞旋玉蝶，路断入银寰。
雾润天山秀，霜凝骏马寒。
遥看云起处，袅袅牧人烟。

龙山随笔

熏风西度铁门关，油气东输上海滩。
五岳天山连命脉，神州百族共姻缘。
遥看翠霭山犹隐，近赏丹霞花欲燃。
不是苍龙腾瀚海，何来古驿变桑田。

听马头琴

非雨非风弦振鸣，驹奔羊涌万军腾。
牧歌嘹亮行云遏，仙曲悠扬百鸟停。
静夜聆听乡梦断，花朝欣赏客心惊。
游人驻足忘疲倦，千里草原篝火明。

画堂春·胡杨颂

挡沙抗旱慨而慷，扎根大漠荒凉。献身西域播春光，唤醒穷乡。　　炎夏绿荫遮日，寒秋金叶飘霜。千皮万皱刻沧桑，拥抱朝阳。

醉花阴·忆冬夜放马

白马玉鞍山谷里，朔夜飞寒气。挥手响长鞭，吓跑嚎狼，终夜牧群骥。　　一轮红日从东起，口哨声清脆。放牧踏歌归，雪岭朝霞，人比琼花美。

忆仙姿·神七问天

秋夜太空添媚。十亿双眸凝视。烟涌火喷时，玉宇腾飞神七。神七，神七。入轨仙姿真美。

破阵子·回乡

醉里登阶入馆，梦中骑马回乡。惬意清风催我醒，悦耳琴声促暮凉。无边牧草香。　　贴近平头百姓，远离高冕官场。寻找童年欢乐事，治愈心灵创痛伤。持觞话夕阳。

思佳客·颂雪莲

弄雾玩云志不穷，居高傲雪意从容。醇香不逊桃和李，气魄如同竹与松。　　迎暖日、顶寒风，娟娟玉蕊醉归鸿。铁骨铮铮标高格，不管霜中或雪中。

人月圆·喜今变

牧童指点山前路，故道已模糊。草如青蓐，水如碧玉，车驶长衢。　　当年荒野，狼侵群畜，雪压穹庐。而今巨变，温棚畜卧，暖屋人居。

沁园春·梨城新春

春到梨城，绿染龙山，雪满果园。望铁关内外，暖风拂拂；孔河两岸，细雨绵绵。楼兰新妆，街摇嫩柳，银燕凤鸢翔碧天。观超市，购琼裳玉佩，女笑男欢。　　餐厅烤肉香甜，引无数商家，竞设摊。惜汉唐西塞，黄沙迷漫；嘉州刺史，白发苍颜。万古荒原，茫茫大漠，寂寞驼铃丝路寒。看今日，这梨城美景，赛过江南。

阮郎归·那达慕节

马儿肥壮草儿青，天山飞笑声。摔跤驰马赛输赢，草原热气腾。　　人似醉，醉还醒，杯中斟友情。酣歌痛饮到天明，琴声送晓星。

忆故人·临冬思牧区

露盖丛林，片云遮日群峰暗。雄风似剑斩阴霾，一览红霞显。满眼山光灿焕。隔重岚，频频顾盼。故人如见，旧友如逢，凌空变暖。　　思念之情，敲魂击魄犹留恋。草原偏僻越冬难，雪野寒流惨。毡帐炊烟荏苒。我曾为，牧区深叹。花期太短，霜季堪长，常遇险。

蕃女怨·铁门春雪

铁门春雪开柳眼，公主休怨。换西装，更袷袢。笑迎新燕，昔年皮匠驭银鸾，逛江南。

木兰花慢·咏羝羊

梦去尤超脱，创新路，越荆山。两角挂悬崖，四蹄灵巧，敏嗅芳兰。超前。划冰破雪，正咩咩软语唤飞鸾。枯季雄关共度，花期阔野同欢。　　春天。夜梦香甜。膘茁壮，草肥鲜。幼子奔跳跳，追蜂撵蝶，跃入青岚。情牵。嚼饴蕊歇，见购绒商客上高原。牧女点钱嫣笑，约游一趟江南。

石州慢·游览库尉开发区

绿涌渠梨，红溢铁关。花穗如灼。壮哉库尉新区，一马平川宽阔。风裁锦绢，麻姑披戴霓裳①，香梨公主弹仙乐。游览歇休机，感宏猷超卓。　　思索。千秋瀚海，百朝烽堠，战云惊魄。守护边陲，多少英灵飘落。抚今追昔，诗翁无语指虹桥，熏风拂面甘如酢。火树掩荒丘，对画楼阡陌。

【注】

① 麻姑，仙女。此借喻采罗泊麻的农家女。

喝火令·草原夏雨

玉蝶闻花醉，金蜂酿蜜欣。草原凉夏亦迷人。环旅翠峦仙景，幽赏马头琴。　　恰似银河泻，倾盆大雨淋。露甘风软润芳茵。洗我全身，也洗我灵魂。洗得梦真情切，永不染污尘。

最高楼·望月吟

天河岸，夜静柳梢闲。步人茂林间。弯腰摸弄红尘黯，抬头雅望碧霄妍。我徘徊，云走动，月高悬。　　也不见，吴刚仍伐树。也不见，姬娥仍伴兔。凭科学，识坤乾。人间总比蟾宫好，桂醪那及醴泉甜。说浮生，如戏剧，共悲欢。

夜游宫·老骥抒怀

晚节芳魂蘸墨。描红萼，唤醒眠蝶。老骥眸前耀明月。意畅然，境悠然，情真切。　　溶解天山雪，洒余热，残阳如血。词海诗山隔天阙。但有仙，路可寻，从头越。

蓝　琳

1921年生，北京昌平人。长期在新疆伊犁自治区州工作。新疆诗词学会会员。

塞外风情

莫道春风不度关，边城气象胜江南。
青山绿野飞天马，碧水长河绕钓潭。

学书有感

白首攻书兴益浓，情操陶冶艺为宗。
磨穿铁砚三缸水，锦绣神州写不穷。

楼建高

1939 年生，陕西西安人。哈密市人大常委会退休干部。中国书画学会及新疆诗词学会理事、哈密诗词学会秘书长。

无　题

名山访罢志难酬，一路丹枫写素秋。
感谢山河多美意，长留画幅颂神州。

绿洲抒怀

长街花木溢芬芳，满眼珍珠缀画廊。
红袖翩翩人欲醉，几多游子不思乡。

喜港澳回归

明珠九九喜归还，历尽沧桑四百年。
几淌相思惊梦泪，汇成巨浪拍南天。

春游庙儿沟

杏林深处雪盈沟，老树参天岁月稠。
古庙荒凉斜照里，青山依旧水长流。

咏铁门关

雄峰险道铁门关，引水穿山排万难。
绿染平沙云锦绣，明灯璀璨照人间。

游石河子北湖

北湖快览兴悠悠，雪岭晴空豁远眸。
沙鸟飞鸣依翠柳，锦鳞跳浪逐兰舟。
清风无意摇芦叶，明月多情解客愁。
画桨声声随碧水，此身若在画中游。

咏　梅

盛年酷爱写梅贞，感佩梅贞喜报春。
梦里痴情魂欲断，窗前骚客日相亲。
疏枝皓月迷清影，冰魄幽香绝俗尘。
堪慕孤山林处士，荆门长对玉颜新。

咏　石

沧桑历尽自陶然，寂寞无言枕大川。
雨打浪冲形不改，风欺日炙性弥坚。
为安大厦甘铺底，怕漏甘霖愿补天。
莫道一身棱角钝，痴顽未许逊当年。

咏 松

挺秀天门抚岁寒，悬崖峭壁润岚烟。
龙鳞凛凛凌云壮，凤尾森森浴日妍。
雪压冰欺腰不折，风吹雨打骨如磐。
千磨万砺平生愿，沧海横流志益坚。

古画赠日本友人

彩笔凌云破碧苍，梦魂夜夜绕扶桑。
思联翰墨心香热，寿比龟蛇意绪长。
聊割丹青赠远客，为酬素愿惜春光。
樱花梅蕊欣相约，待续前缘共举觞。

临江仙·游哈密沙尔望

边塞风光浑似画，浮云绕抱山崖。风穿壑谷响松桦。草滩迷醉眼，毡舍两三家。　　风送牧曲歌盛世，唱红无数山花。牛羊遍野衬流霞。绿洲无限好，游客竞相夸。

蝶恋花·忆家乡兰州

九曲黄河魂梦绕，踏遍青山，总觉故园好。北塔山头春意早，清泉处处润芳草。　岁月蹉跎双鬓老，追忆童年，往事白云杳。作赋登高情未了，丹青寄意殊难表。

卜算子·迎春

绿柳洒天开，红日照霞曙。鸡唱晴空迓早春，莺燕同歌舞。　浩浩拂东风，灿灿繁花吐。笑语欢声庆小康，喜听乾坤鼓。

雷凤英

1942年生，新疆玛纳斯人。中国建设银行新疆分行干部。新疆诗词学会、兵团诗联家协会、乌鲁木齐诗联家协会会员。

田园小诗

假日回乡住，田间觅小诗。
勤耘瓜与菜，劳逸两相宜。
端阳晨露重，原野静如眠。
只见芳草碧，未闻知了喧。
喜听五更雨，催醒满园春。
抬眼桃花艳，风吹柳叶新。

童趣追忆

捉　雀

雪寒支柳筐，抛谷引饥肠。
麻雀投罗网，求生反祸殃。

拾　薪

南坳拾柴禾，叽喳伙伴多。
枯枝当马骑，跃跃唱童歌。

牧 牛

犁歇黄昏时，耕歌野草齐。
繁星挂北寓，不肯过桥西。

干疗短住

暂避喧嚣车远行，园林静谧草青青。
绿阴叠翠藏鸟语，古木搭肩遮院庭。
地落榆钱花径走，雨敲树叶炕头听。
小风摇月南窗动，梦里依稀入画屏。

谒杜甫草堂,用少陵登高韵

三月柴门桃花开，草堂拜谒杜公回。
无边花浪层层涌，不尽春潮滚滚来。
万里文明齐作客，千年诗圣再登台。
连绵广厦凌云起，羡酒高歌共举杯。

渔歌子·秋景

远处层林胜火红，田畴瓜果正年丰。群畜旺，副兴隆，威风锣鼓戏童翁。

如梦令·夜宿

草茂水肥盛夏，货满马褡商者。夜暮宿人家，茶醉肉香歌雅。欢且、欢且，屋顶月儿西下。

踏莎行·姑娘追

羽插花冠，衣镶翠钿，皮靴蹬足桃花面。扬鞭立马一溜烟，调情鞭子空中转。　男急奔逃，女忙追赶，马蹄驰骋生雷电。身儿挨打满心甜，俊男倩女双飞燕。

八声甘州·故乡行

二十年梦里故乡游，吹笛骑黄牛。有小溪依柳，炊烟袅袅，月照轻柔。犹记荷塘蛙吼，踏露去收秋。村野多趣事，留记心头。　今见高楼林立，看霓虹闪烁，马路车流。感沧桑巨变，岁月去难留。喜今秋，故乡聚首，叹年华，霜染少年头。饮家酒，话童年事，笑语难休。

曾克伯

1924 年生，湖南新化县人。新疆维吾尔自治区 706 地质大队原党委书记，现为乌鲁木齐诗联家协会、新疆诗词学会会员。

晨　练

盛世全民健，黎明鸡早催。
晨星迎气爽，残月映刀辉。
运掌如龙舞，弹身似燕飞。
朝霞铺大地，风送笑声归。

玉树震灾

汶川伤痛抚初平，雪域灾情又降生。
多难兴邦团结力，明朝玉树更繁荣。

端午吟

五月龙舟粽黍馨，词坛盛会诵诗文。
巍巍亮节衡峰仰，耿耿忠魂汨水沉。
爱国丹心光日月，离经碧玉耀星辰。
诗宗风范千秋颂，独创骚经历代吟。

读海兄菊妹结为伴侣喜信有感

才子佳人结美眷，青梅竹马俩情深。
良缘未遂成遗恨，盛世新风报好音。
白首夫妻原有约，教坛师友早知心。
小楼伴读能追忆，海燕归来日未沉。

八十自述

老朽欣登耄耋龄，奔波一世绩平平。
学工学理均肤浅，对事对人犹赤诚。
晚景强身挥太极，休闲冶性习兰亭。
躬逢盛世心康乐，未报春晖恨此生。

窦东琴

1962 年生，女，河北定县人。乌鲁木齐市原橡胶总厂职工，新疆诗词学会会员。

早　春

雾锁苍山酿嫩寒，枝头鸟雀闹声喧。
忽惊翠涧溪流急，骀荡春风过万山。

有　感

九州青脉几沧桑，一隙心开映艳阳。
素玉千姿寻妙处，临江神女理晨装。

窦融江

1942 年生，辽宁沈阳人。新疆阜康县天龙中学教师，新疆诗词学会会员。

沙枣树

宿志立边疆，青青筑绿墙。
香飘塔里木，树树沐朝阳。

骆驼刺花

地阔幽香远，天高品味佳。
随驼征万里，春色洒天涯。

六运湖农场

白杨掩映豫新庄，遍插田苗红薯秧。
最爱黄河三尺鲤，龙门跳过跳西疆。

芨　芨

漠漠连山拥戍城，军衣军帽顶金星。
不随天地流光老，千载西疆青又青。

种　榆

大宛良驹解玉鞍，伊犁美酒醉酡颜。
林中独卧夕阳下，榆荚一山吾有钱。

天山之春

红遍春山赤芍花，青松滴翠牧人家。
黄羊火烤香飘远，活水铜壶煮奶茶。

赠　别

西风淡淡日斜曛，沙枣花开我送君。
踯躅征途无一语，非关南浦亦销魂。

青格达湖

春雨江南塞北秋，平湖似练月如钩。
轻舟摇曳天山外，直上银河碧海游。

天池遐想

高歌一曲意绵长，阿母依依别穆王。
美酒盈池今尚绿，蟠桃艳透雪梨香。

送邓葵生之无锡

淙淙流水响高山，琴剑飘零一曲间。
翠绿嫣红送君去，我吟风雪立边关。

蔡玉池

1932 年生，黑龙江克山人。离休前任新疆生产建设兵团技师培训学院调研员，高级政工师。兵团诗联家协会、乌鲁木齐诗联家协会会员。

人民公园鉴湖泛舟

一湖碧水映蓝天，曲径通幽柳岸边。
荡起轻舟游水上，白云彩袂舞蹁跹。

朝阳阁

丹凤朝阳古阁楼，花香柳绿伴君游。
明堂常有书画展，古国江山世代留。

蔡淑萍

1946 年生，女，四川营山人。曾在新疆生产建设兵团农十师 183 团任教师，现为《中华诗词》编审、四川诗词学会副会长。著有《萍影词》。

飞越天山

一样为山独曰天，苍穹果赖拄其间？
疆分南北真无极，世阅古今安有年。
叠岭飞涛头尽白，寂潭沉碧影犹寒。
忽思阿母瑶池事，欲问流云矜不言。

水龙吟·石河子广场对大型雕塑《军垦第一犁》、《天山上的女人》感赋

问谁独运灵思，能将军垦精神塑？一声呐喊，万钧力聚，荒原破土。小憩田间，解衣乳子，天山骄女。正青春献了，子孙献了，屯边业，功勋著。　　廿载茫茫戈壁，也曾经、雪狂风怒。重来故地，还悲还喜，幽怀难诉。久对无言，肃然心会，苍凉西部。但此情记取，明朝万里，伴依归去。

八声甘州・回北屯

叹匆匆一别十三年，归梦几回圆？正阿山雪解，额河风暖，戈壁春妍。仿佛青青草地，挥我牧羊鞭。还似瓜棚外，篝火初燃。　　闻道今来非梦，看新楼掩映，绿柳如烟。甚当时故友，犹是旧容颜？喜无边，麦黄葵熟，爱临风、玉立有芝兰。边风劲，送吟眸处，地阔天宽。

扬州慢・戈壁车行

炎日彤云，疾风飘雪，素毡白草黄沙。看长烟落日，听怨管悲笳。怎堪忆，秦关汉月，蹒跚步履，枯骨饥鸦。叹驼铃，如诉声声，魂断天涯。　　倩谁泼翠？幸东风、新换年华。润长夜相思，征途梦幻，穷塞蒹葭。海市蜃楼应在，云霞里，汽笛喧哗。到荒原深处，催开千树桃花。

行香子・边塞风情

烟树迷茫，泉水沧浪。东风细，瓜果飘香。轻车过处，隐约红墙。看远如霞，近如画，展新妆。　　葡萄架下，流水桥旁。客心醉，不为琼浆。悠悠琴韵，妙舞娇娘。正裙儿飞，眼儿媚，手儿扬。

醉蓬莱·游天池值雨,导游言西王母乃母系氏族首领

对流岚湿重，碧树寒生，雪峰之下。脉脉盈盈，一湖清无价。遥想当年，绮窗开处，有似神人者。云佩霓裳，琪花映鬓，黛眉新画。　八骏踟躇，蹴云回首，莽莽苍苍，牧歌盈野。三载为期，许玉杯重把。细雨凄迷，风阙何处，问倩谁能话？偶送清弦，松风泉响，几星毡舍。

霜天晓角·交河古城二首

（一）

谁催征辔，鞭指斜阳坠？遥想羽书传罢，饮马处，垂杨里。　而今余浅水，无声环废垒。凄惘恰如闺梦，河畔树，犹凝翠。

（二）

寻寻觅觅，环视残垣立。闻道汉唐都会，今安在，繁华迹？　当年吹铁笛，而今吹断壁。唯有朔风依旧，千载下，声情激。

念奴娇·左公柳

雄关古道，百年柳、老干苍苍如铁。引得春风三万里，道是左公亲植。记得当年，抬棺出塞、要补天西北。玉鞭遥指，万丝千缕争碧。　一箭能定天山，久安长治，恃战功焉得？劫后平凉新稻熟，桑映酒泉澄澈。逝者如斯，江山日异，后世沾恩泽。斜阳归雁，似将功过评说。

木兰花·哈巴河纪游(三阕)

哈巴河水何清澈，六月砭肤惊凛冽。舀来石上煮壶冰，茶酽奶甘香齿颊。　故人感我千山越，为我殷勤陈契阔。茶烟轻袅驻流云，翠鸟飞来枝上歇。

哈巴河畔青凝碧，白桦万株枝正密。林中空阔草凄凄，小径蜿蜒人寂寂。　故人为我铺茵席，甜饼香瓜蜂欲集。酊瓜啖饼笑声飞，万里不知身是客。

哈巴河美童心溢，赤足临流初没膝。指间五彩洒珍珠，水底晶莹寻白石。　忽惊影疾鹰翻翮，恨少片帆堪击楫。倚霞渐染半江红，摇漾长河衔落日。

蔡清源

1918-2008 年，字济中，湖北武汉人。新疆生产建设兵团农五师原副师长。新疆诗词学会会员，兵团诗联家协会理事。

塔城世纪广场览胜

塔城风貌好，广场更巍然。
榆柳千丛绿，繁花万朵鲜。
寻幽招远客，览胜驻新颜。
老叟豪情发，高吟壮丽篇。

边城忆友人

边城一别几经年，遥望家山路八千。
塞北绿杨红柳美，问君可否梦魂牵？

阿勒泰纪游

兴来聊发少年狂，卸下平装着客装。
若问老夫何处去，阿山顶上看湖光。

过阿勒泰城

金山迎我到金城，到处金光耀眼明。
但愿国人皆富有，小康社会见真情。

住北屯农十师师部

镇守边关北大门，雄师劲旅岂容侵。
平芜脊岭皆吾土，寸寸山河寸寸金。

参观巴克图边防站

国界森严一线分，国门深锁绝边尘。
巍巍哨所冲霄立，壮我军魂与国魂。

游喀纳斯湖

群峰环抱一平湖，物态山光似画图。
跃上矶头聊一望，如临幻景到方壶。
镜面风微水不波，山岚空翠两相和。
源头活水清如许，时有飞鸿照影过。
廿万年前此泊留，未能开发润田畴。
蓄藏九十亿方水，徒为闲人作壮游。

正当春耕播种之际，连日风雪交加，狂风骤起，感而赋此

才过清明气候佳，反常天气损农家。
狂风似箭伤新绿，冰雪如刀刺嫩芽。
地冻粮棉难下种，天寒杨柳不飞花。
天公何故违时令，四月山城未种瓜。

廖德林

1935年生，江西瑞金人。博尔塔拉蒙古自治州科技局高级畜牧师。新疆诗词学会会员。

露　宿

明月柔情伴我眠，星星闪烁九霄欢，
晨风拂面催人醒，睁眼朦胧见彩天，

天山牧家

羊行绿草碧波中，骑马持鞭走牧童。
数顶毡房烟袅袅，马头琴韵荡长空。

菜　田

椒花茄蕾笑迎人，韭菜葫芦上市频。
蝴蝶蜜蜂忙采粉，浓浓春色蕴芳芬。

牧民定居新村

定点群居小牧村，牛羊欢叫马腾云。
电灯悬挂标新纪，油盏收藏做史陈。
电视屏开寻乐趣，摇篮儿笑更天真。
从今不再穷奔走，安做瑶池牧马人。

谭士品

1949 年生，安徽宿州人。原《伊犁日报》编辑，现为伊犁诗词学会会员、新疆诗词学会理事。

伊犁山水即兴

寻诗雅玛渡，酒热透天真。
鼓浪轻舟去，狂歌撼莽榛。
渔村歌且饮，水碧草茵茵。
喜啖天湖鲤，飞舟率性真。
幽谷餐秀色，绿酒映青峰。
落日衔峦岫，红霞涌万重。

唐布拉登山遇雨

骤起滂沱雨，天山锁白烟。
鹰飞燕掠地，犬吠畜归栏。
牧野繁华毓，流溪激浪湲。
新晴遂客意，不忍返乡关。

唐布拉夏日雨后

一场潇潇雨，晨明景物新。
流云环晓日，薄雾笼山林。
莺啼空谷远，泉鸣壁垒峋。
长溪风卷浪，净土少埃尘。

夏塔峡谷览胜

飞红耸翠水流湍，满目斑斓画里看。
雀噪桦林原爽宕，驼鸣草甸自悠闲。
石人累世悲青冢，猛鹞逐风振羽翰。
策骑登临云隐处，坚冰冻雪散狂寒。
蜂灵蝶健觅馨香，古道幽深花木芳。
地傍天山平野秀，峡临瀚海絮云黄。
温泉漱玉迷彤鹤，浅荡浮金戏鸳鸯。
塞外风光堪入胜，游人眷恋不思乡。

过天山木扎尔特冰达坂

荒山白雪绕寒烟，冰笋冰菇百丈悬。
孔道当从前汉考，蹬梯始在盛唐镌。
奇形异致接仙境，玉嶂银屏摩九天。
险径而今无得见，唯余史话颂前贤，
偕游相伴过冰川，绕雾缠烟心胆悬。
玉塔擎天达坂峻，雪涛幂峪野风颠。
奇寒彻骨蛮荒地，险径劳神彩霞边。
畅想空山牵索道，凭高远眺赋新篇。

谭平祥

1945 年生，四川三台人。新疆生产建设兵团统计局原局长，后调成都信息学院；现为新疆诗词学会会员，兵团诗联家协会名誉主席。

天山公路

群山峻岭万千重，玉带一条横半空。
曲折迂回忽上下，翻腾婉转似蛟龙。

驱车越天山

春花秋月最迷人，盛夏寒冬各自新。
山里风光无限好，更将美酒长精神。

过达坂城吊王洛宾

天宇含悲大雪飞，雪花漫舞韵低回。
抚胸捶背呼歌手，何日英灵带笑归。

观风力发电站有感

亭亭玉立耸蓝天，辗转随风亦自然。
唯愿儿孙千百万，能源滚滚暖人间。

南山度假村

南山脚下景嵯峨，绿绕毡房草甸多。
云里雄鹰开俊眼，人间游子醉清波。

天山军马场

天山深处隐良驹，赤兔骅骝望眼迷。
解甲老兵余勇在，今朝策马玉关西。

库尔德宁草原

草原一片望无涯，空气清新护百花。
朵朵流云如白玉，福星散落牧人家。

北庭都护府遗址

北庭故垒历艰辛，断壁残碑点点存。
历代屯田陈迹渺，今朝军垦壮边魂。

天山牧场

我爱天山好牧场，牛羊遍野百花香。
一湾绿水肥青草，满地芳茵恋日光。
雾绕云飞呈海市，星罗棋布列毡房。
但听四处咩咩叫，只见流云不见羊。

天 池

天池玉镜照银峰，瑶草琪花绿映红。
楼阁亭台藏树底，黄羊雪雉出云中。
穆王骏马随风去，阿母蟠桃展笑容。
有意驱车朝圣地，不知何处觅仙踪。

熊兆骧

1923年生，湖北随州人。长期在新疆生产建设兵团农七师从事教育和修志工作，民革新疆成员，已离休。新疆诗词学会、兵团诗联家协会会员。

天山恋

爱山不向泰嵩游，少恋天山到白头。
塔里木边腾战马，准噶尔里策耕牛。
香飘山北繁花卉，秀溢山南造绿洲。
灿灿奖章襟上佩，融融暖意体中流。
鞠躬尽瘁死而已，托体山阿即首丘。

花展即景

人间无术驻花容，惆怅年华逝水匆。
假日相机肩上挎，快留倩影傍花丛。

旅乌鲁木齐黄埔校友茶话会即兴　二首

（一）

校友重逢当劫后，桃夭李艳沐春光。
报时常记中山训，黄埔精神永发扬。

（二）

黄浦当年习武人，而今闲话绕儿孙。
拈须笑说驱倭事，几度褰裳指弹痕。

忆江南·大泉沟纪游

秋光好，览胜到泉沟。哪个云裳沉水底，谁家红玉满枝头。果熟水澄秋。　泉沟好，水上最逍遥。一叶扁舟凌万顷，几番清唱上重霄。能不使魂销！

樊　植

1935年生，陕西岐山人。七一棉纺织厂原党委书记。新疆诗词学会会员。

水磨沟公园

沧桑水磨添新彩，绿水青山拥佛台。
闻道八仙迷此境，居然不肯上蓬莱。

樊君华

1938 年生，河南新野人。兵团农一师畜牧兽医站高级兽医师。现为阿克苏地区诗词学会、新疆诗词学会、兵团诗联家学会会员。

故乡行

仰望枝头翠羽狂，初椿芽嫩自清香。
燕旋垂柳长空舞，鸭恋烟波碧水徜。
湖畔亲朋抒别苦，堂前好友话情长。
乡音劝酒盅盅满，拳令声声醉月光。
已别低檐茅草房，芳村翠岭换新装。
高楼竞秀莹莹亮，异木争妍郁郁香。
电脑鼠标寻富路，华车龙队聚娇娘。
老农忙罢舒心事，品着烟茶哼着腔。

江城子·兴隆街一瞥

如今街上客流忙。走东厢，串西厢。两眼昏花，难辨哪家强。更有千般风味烤，馋嘴货，肉焦黄。　　动人还数夜辉煌。有情郎，伴娇娘。彩蝶翻飞，陶醉曲悠扬。翁媪一旁心里动，腾健步，若云翔。

颜律时

1928 年生，湖南湘阴人。新疆维吾尔自治区第一测绘大队工程师。新疆诗词学会会员。

塞上吟

十万湖湘新子弟，束装千里记西征。
卅年饱看天山雪，依旧难忘故土情。
踏破铁鞋描地表，磨尖彩笔绘新图。
风尘荏苒繁霜鬓，忽忽思亲梦倚闾。

回乡感赋

万里回乡愿已酬，家家户户喜丰收。
农田阡陌途通达，渠道纵横水畅流。
放眼村容多气派，开怀樽酒话春秋。
何须更觅桃源胜，乐业安居遣百愁。

潘天庆

1934年生，重庆大足人。曾在新疆生产建设兵团石河子师专、农二师党校任教，高级讲师；现为兵团诗联家协会理事、新疆诗词学会常务理事。

梨城春

梨城无处不飞花，孔雀河边千柳斜。
日暮广场仙乐起，声声映入万民家。

赠拾棉能手　二首

（一）

曙光初现晓风寒，露湿银花叶未干。
巧手化为双蝶舞，瞬间白雪积山峦。

（二）

千枝万朵闪银光，朝摘星星暮夕阳。
巧手柔棉装袋急，不教血汁化秋霜。

塔河空巢老人叹

冬战冰霜夏战沙，青春换得一新家。
儿孙似燕东飞去，白发人陪沙枣花。

题铁门关新楼

百尺高楼气势雄，襟山带水向苍穹。
飞檐北枕天山雪，雉堞南驱瀚海风。
丝路重开游客众，铁关再建戍旗红。
当年烽火知何处？但见梨花满谷中。

鹧鸪天·赞戈壁母亲刘月季　二首

千里寻夫到北疆，天山戈壁路茫茫。宽容赢得春花月，博爱消融冰雪霜。　　情似海，志如钢。一身正气铸坚强。青丝热血渗荒土，霜鬓慈颜万古芳。　　面对荧屏满泪痕，如烟往事又重温。一方热土十方汗，十万青年百万军。　　栖地窑，吃芦根，青春献罢献儿孙。当年多少支边女，都是兵团好母亲。

风入松·咏大山口水电站飞瀑

玉龙深锁九千年，今日出天山。喷云嘘气来山口，腾空降、绝壁深渊。形若千虹悬涧，势如万马飞滩。　　春风已到铁门关，旧梦待新圆。一声呼啸输雷电，深情系、丝路楼兰。但愿梨乡增色，边疆永驻春天。

转应曲·沙漠红柳

红柳，红柳，挺立沙丘风口。斗沙斗碱千年，播春播绿手牵。牵手，牵手，哪怕沙狂风骤。

转应曲·军垦抬把

抬把，抬把，军垦老兵牵挂。当年奋战河滩，与君改地换天。天换，天换，今日芳洲连片。

转应曲·若羌红枣

红枣，红枣，西域果中珍宝。扎根瀚海边缘，幸蒙农父爱怜。怜爱，怜爱，硕果车装机载。

转应曲·丝路幽草

幽草，幽草，远出丝绸古道。风摧雪压埋沙，春来依旧发芽。芽发，芽发，千里草原春色。

西江月·游罗布村寨

海子星罗棋布，沙丘浪卷波翻。胡杨百里立河滩，罗布人家小院。　　桥下卡盆渔网，桥头落日炊烟。老翁黄发舞翩翩，疑是时光倒转。

西江月·游博斯腾湖

万顷清波凝玉，千丛翠苇成墙。湖风拂面送幽香，朵朵莲花竞放。　　游艇穿波逐浪，湖鸥惊起飞翔。白洋淀与沙家浜，不过这般模样。

潘天青

1917-2005年，湖南醴陵人。曾为新疆八一农学院教授，退休后定居陕西咸阳。新疆诗词学会顾问。

游天池

为攀绝胜不辞难，越岭爬山一日还。
路傍悬崖如剑削，汽车爬过数重山。
长松倒影天池美，绿叶红花遍地香。
山外此时方盛暑，山中已是晚秋凉。

登昭陵

昭陵一望好山河，此日攀登感慨多。
形势三秦依旧在，丰功唐室至今歌。
泾流渭水同清浊，石刻陶雕费琢磨。
兴废悠悠千载事，元勋六骏水婆娑。

参观某钢铁公司有感

成钢百炼有何难，削铁如泥亦等闲。
岭上艳红开矿石，山中黝黑采煤丸。
熊熊炉火烧天暖，轧轧风机吹夜寒。
喜看工人多壮志，铁流长涌尽开颜。

西江月·咏煤

绿色年华褪去，地层高压装成。显微镜下见生平，碳素依然固定。　　一旦离开矿井，青烟紫雾飞腾。发光发热太多情，何惜化为灰烬。

潘寿川

1936年生，山东寿光人。新疆生产建设兵团猛进原秦剧团团长，高级政工师。新疆诗词学会、兵团诗联家协会会员。

远 村

雨骤沙狂赶远村，乌云漫卷土垣春。
胭涂杏蕊红颜艳，雪弄梨花素袄新。
瀚海牛耕金玉梦，绿洲香引蝶绛魂。
瓜香果脆丰收韵，舞媚歌甜醉月吟。

夜宿毡房

依坡傍水马兰花，柳护榆环豆麦瓜。
三尺坯墙防酷暑，两层窗户阻寒沙。
铜壶煮奶迎宾客，铁鼎烹羔待手抓。
黍酒绵绵催入睡，毡床暖暖梦回家。

薛天纬

1942年生，陕西宜川人。新疆师范大学原副校长、文学院教授，中国李白研究会会长，新疆诗词学会名誉会长。

答赠林家英教授

兰山一梦未成真，雪打萤窗夜夜频。
我有迷魂招不得，劳君远忆碛中人。

酬林家英教授步其韵

平仄商量尚未安，乔装此日拜骚坛。
轮台忆得岑夫子，窃取梨花雪后妍。

丁亥初秋陪台湾教育家高振东先生登帕米尔

海客西来秋正高，昆仑一望路迢遥。
心悬葱岭千峰雪，足涉沧溟万顷涛。
慕士冰山刺天立，中巴国道傍云飘。
繁星闪烁石城夜，北斗横斜挂木梢。

水调歌头

1998年立秋后十日兵团诗词楹联家协会承办的全国第十一次中华诗词研讨会在石河子召开，余应邀赴会，谨代表新疆诗词学会赋此以贺，并向四海诗友深表欢迎之忱。

词客欲何往？联袂出阳关。秋风乍过西域，嘉会喜空前。或控飞驰铁马，或驾凌霄鹏翼，谈笑越天山。万里瞬间至，行路正无难。　平野绿，雪峰白，翠池蓝。太平时节，十洲海内共尧天。定远雄风犹在，屯垦精兵百万，塞北看江南。携手采花去，乐奏有于阗。

薛金龙

1942 年生，四川射洪人。新疆生产建设兵团农七师 136 团宣传科长。新疆诗词学会、奎屯诗词学会会员。

托里北山牧场抒情

托里山逢六月中，炎消暑落见秋容。
牛羊暮入星河动，庐帐香飞奶酪丰。
弦唱峨眉桑梓月，歌吟雪岭塞垣风。
多情寄雁关河路，但愿神州庆大同。

辛未年新疆大旱，小拐尤甚。自春至秋，未降甘霖，酷热难当。干部群众同心同德，奋力抗旱。感作

高天播火撒西疆，绝域枯荒急大塘。
暑气熏蒸苗未长，干风忽啸麦先黄。
千夫赤臂开新井，一注清泉出柳乡。
妇孺挑灯迎碧水，救灾心系万家忙。

薛周琦

1936年生，陕西韩城人。曾任新疆维吾尔自治区奎屯市文化馆馆长。新疆诗词学会会员。

牧区即景

客至主人忙，炊烟绕毡房。
茫茫草原上，奶茶飘清香。

薛维敏

1950 年生，安徽舒城人。新疆博尔塔拉蒙古自治州中学高级教师。新疆诗词学会理事。

无　题

草花空绮丽，山水独清明。
浊泪知抛尽，唯余白发生。

书　趣

不老青山在，安居陋室贫。
生涯惊逝水，世局洞微尘。
眼放五湖月，窗含四海春。
风光如旧识，日月自相亲。

太白楼怀李白

不识青云路，来从太白游。
松楸孤冢在，天地大江流。
雨洗峰峦翠，云封栋宇秋。
斯人高咏去，楼独壮神州。

秋野行吟

一渠碧水出青湾，领略秋光一晌闲。
稻浪棉云争妩媚，瓜林果海展娇颜。
四围暮霭人初静，一路轻车我笑还。
愿嘱诸君常记取，丰年莫忘岁时艰。

琵琶亭

七月晴川一望收，登临谁识古江州？
苍茫碧水留绝唱，斑驳残阳倚旧楼。
素手抚琴情未了，方舟如鹤趣常留。
青衫司马休挥泪，绿绮琵琶自解愁。

回乡记事

波光柳影映吾家，且步池边且饮茶。
破败草庐追往事，簇新华屋缀奇葩。
满田稻浪随风卷，出水青莲带露斜。
举目烟霞看不足，行歌载酒乐无涯。

雨中过三峡

水拍寒崖浪似骢，密云催雨向辽空。
胸悬碧水青山里，人在花香鸟语中。
燕子何须寻旧垒，轻舟还欲御长风。
大江日夜东流去，旋转当凭造化工。

春　感

正是春光绚丽时，啼莺千啭自成诗。
每看红杏迎春早，常悔青丝发愤迟。
楼外子规惊夜寐，窗前蛙鼓起乡思。
多情莫笑江南梦，此日春风栉鬓丝。

秋暮偶感

莫怨边关秋已老，荣枯相长亦相消。
沧桑不变长天月，成败难移大海潮。
性静青山收我眼，情随大雁上云霄。
盈亏漫说天形远，老树婆娑犹未凋。

菩萨蛮·雨后晚晴博乐城西即景

浮云散尽长空碧，楼台处处参天立。芳草正萋萋，白杨绿两堤。　　牵牛弄暮霭，西苑深如海。携手众心同，扬帆藉好风。

捣练子·读陆游词感赋

云漠漠，雨潇潇，永夜征程透碧绡。铁马冰河来附梦，征夫一去路迢迢。　　情湛湛，路遥遥，报国一腔怒火烧。铁骑长驱破敌阵，一生功业梦中消。

青玉案·重九怀远

蛩琴永夜声声奏，风吹蝶，花枝瘦。秋雨书斋斟菊酒。朱颜暗换，乡思两地，往事休回首。　　倚栏黯黯魂销透，明月多情别离后。且慰清风盈两袖。少时朋辈，远方故土，愿有神灵佑。

戴　超

1941-2010 年，江苏邳州人，博尔塔拉蒙古自治州温泉县农民。新疆诗词学会会员。

春日杂咏

草芳柳绿杏花红，游客穿行丝路中。
驼队铃声消大漠，鸟群翅影舞长空。
天山南北相连接，铁道东西得贯通。
促进城乡商贸旺，日新华夏国兴隆。

博乐西部文化广场看冰雕

西郊来兴看冰雕，制作精工技术高。
两个鸳鸯欢水面，一双仙鹤望云霄。
银山虎踞威风猛，乳海龙蟠壮志豪。
玉宇琼楼光闪闪，游人到此乐逍遥。

鹧鸪天·边塞务农

茅屋三间小院佳，傍山依水乐无涯。耕田种地经朝雨，戴月披星迎晚霞。　　东圃菊，北园瓜。风风雨雨度年华。人间经历沧桑变，淡酒良朋醉日斜。

浣溪沙·西塞冬景

雪拥阳关多路人，天空密布尽彤云。边陲风景玉装新。　　机坐南疆来旅客，车乘北国接财神。热情招待不辞辛。

戴子清

1949年生，江西景德镇人。和田地委党校副校长，高级讲师。新疆诗词学会理事。

奔西域

汽笛一何响，辞家去意浓。
西游万里路，振翅鼓雄风。

抵乌鲁木齐

西域敞襟怀，雪莲今盛开。
天山荐佳酿，道是故人来。

清平乐·直抵长城

空灵恬淡，遥送西飞雁。盘旋昆仑千百转，再把胆肝历练。　　苍茫沙海沉沉，佳音忽报龙腾。今日宽余幸得，御风直抵长城。

西江月·回新疆

昨夜江南雨织，今晨西北风扬。又临嘉峪越敦煌。满目天山在望。　　早已情归红柳，更加神往胡杨。凌波塔里木泱泱，染绿昆仑欢畅。

虞美人·重阳

金风秋蕊焉知老，又见重阳到。雁归故里扑长空，日暮望乡缥缈楚天中。　　青丝霜染华颜改，侠骨今安在？问君意气竟如何，恰似昆仑起舞壮山河。

满江红·五十初度

矗立昆仑，堂堂是中华本色。征途上，几多坎坷，几番周折。五十春秋风逐雨，八千隘塞云追月。慰平生，一诺重于山。躬行彻。　　慈母泪，游子血；情似海，心如铁。出家门勿悔，纵横南北。强弱神州谁淡漠，兴亡天下皆关切。看环球，新世纪长征，何由歇？

戴步新

1965 年生，江苏阜宁人。克拉玛依市人大常委会干部，中华诗词学会会员、新疆诗词学会常务理事。

黄昏即景

柳色桥边暗，莲花水面香。
渔翁清影瘦，独坐钓新凉。

冬日道上

岁末寒风起，郊原浮玉尘。
夕阳枝上挑，山色眼中分。
闪烁车灯影，匆忙客路人。
情知天地久，万事待来春。

夜行村舍

塞月凌空净，清辉照雪残。
鸦栖枝上稳，犬吠巷中闲。
覆草沙犹浅，回车路自宽。
风尘堪寄兴，不老是天山。

塞上春怀

东风吹玉塞，万物复精神。
四野青杨合，孤城白草新。
远峰明曙色，清气净芜尘。
但慕南来雁，云闲自在身。

西疆寄怀

深居常不出，向晚伫凭栏。
山色遮云暗，漠风飘雪寒。
胸中无限事，眼底数重关。
岁晏情何寄？他乡人未还。

独坐偶作

慵情耽日月，草木半趋黄。
业遇中年滞，名无后世扬。
恒居思野域，困坐怨他乡。
注目青云际，山鹰入渺茫。

客里写怀

旅魂千里外，乡土隔云东。
草木枯荣换，关山冷热同。
沙前明月满，雪后老鸦空。
多少英雄气，都随大漠风。

适逢立秋闲中有作

暑气方微退，清心一盏茶。
临窗偏数雁，倚槛漫观花。
草蔓池边径，烟浮岭外沙。
白云多逸兴，舒卷在天涯。

夜读忽忆春游事作

天寒书幌暖，掩卷忆芳时。
酌醴尝山趣，玩花在野蹊。
清流堪照影，绿鬓偶添丝。
物外浮云散，冰心只自知。

冬日即事有怀

天寒风又起，极目乱云飞。
雪厚山光重，林深鸟迹微。
翻腾心底梦，辜负手中杯。
阅世伤滋味，凭谁问是非？

道中偶感

人间馀好境，岁月待留痕。
雨洗青山骨，鹰翻大漠魂。
迎风花有季，得露草无尘。
事到钟情处，非关冬复春。

民工秋怀

清秋霜叶好，菊绽境相宜。
气爽云无影，楼高雁有思。
三年打工惯，万里望乡迟。
话到农忙夜，辛勤独老妻。

春　意

瑞雪飞春问好年，城南宿草梦连天。
多情最是枝头雀，唱暖山风不用弦。

遥寄昆仑山下故人

白云依旧绕峰奇，何必瑶台梦有思。
纵是心中馀热血，难教岁月似当时。

神夏憩闲自遣

瓜茶入口自神清，树隐兰窗别有情。
网络新闻关世事，荧屏老片绎人生。
好书漫品胸能阔，奇景常观眼更明。
最喜倾杯逢故友，避风亭下响楸枰。

筵散后忆乡友

席散茶凉影正单，西风伫望又凭栏。
枝头零落三秋雨，郭外空横数点山。
函寄盐都愁道远，心随塞雁掠霜寒。
羁魂今夜飘何处，往事翩翩入梦残。

眼儿媚·寄蜀地友人

苍茫雪域夜来寒，月色映层峦。黑鸦声里，白杨林外，兀自凭栏。　　相逢有日随天意，惦念也无端。多情客子，托云捎梦，心系平安。

戴润身

新疆阜康准东油田退休干部。新疆诗词学会会员。

新疆好地方

丝绸之路远，贸易客商稠。
戈壁驼铃邈，塞垣牧笛悠。
牛羊迷绿野，乡邑遍琼楼。
人杰地灵秀，天山紫气浮。

汶川地震周年感赋

罹难同胞届一年，全民追悼况空前。
昊天不吊留余恨，党国关怀解倒悬。
抚养遗孤群烂漫，安排生计众欣然。
红旗引领康强路，告慰英灵笑九泉。

魏念祖

1921年生，甘肃秦安人。乌鲁木齐市第八中学高级教师。新疆诗词学会顾问。

登 高

雨霁云收好个秋，登临不挂半丝愁。
喜看西野烟村里，先富人家建小楼。

锦江畔饮茶

伏日饮茶锦水旁，江风添得半丝凉。
蜂声歇处蛙声起，谱就蓉城新乐章。

巴 州

胜地南疆两度游，风光旖旎数巴州。
铁门关上彤云舞，孔雀河中碧水流。
香果金丸垂万树，嘉禾绿浪泛千畴。
沧桑正道今朝是，物阜民康乐事稠。

春 耕

春至西陲沃野头，初融瑞雪润田畴。
喷烟吐雾飞犁动，不见黄牛见铁牛。

好事近·老农

薄暮至田家，恰是丰收时节。墟里依依烟柳，悬一钩新月。　谁家矍铄白头翁，谈笑展眉睫。频把峥嵘年景，向人人夸说。

朝中措·农家

黄昏一抹浅红霞，几树噪栖鸦。袅袅炊烟轻绕，烟笼近水人家。　老翁归晚，屋檐锄挂，酌酒品茶。老媪更饶馀兴，搓麻还逗孙娃。

卜算子·通车

记得少年时，负笈城关去。鸟道徒行二日程，仆仆风尘苦。　大道接城乡，喜煞农商旅。今自城关返故乡，只有三时许。

小重山·洛阳夜雨思归

荏苒韶光似水流，窗前桐叶落，已残秋。暗雨萧萧洒洛州。频勾起，多少故园愁。　客舍枕衾头，孤眠难入梦，夜悠悠。自将心事说来由。思归里，倚杖陇山游。

玉连环·吐鲁番葡萄街

丝路火洲炎夏，满城绿化。试看客邸那头街，谁搭起，弓儿架。　串串珍珠悬挂，行将垂下。遮天蔽日绿长廊，消暑地，真幽雅。

小重山·癸未重阳登妖魔山

往昔妖魔山四周，峰峦秃似那、僧侣头。传闻妖雾障人眸，毛骨耸，谁敢此间游？　盛世赖良谋，劈山开水道，水长流。重阳红树菊花稠，风光好，最是此山丘。

跋

新疆，古称西域，自古以来就是祖国不可分割的一部分，诗词也有着同样的脉络。其源头可追溯到西周时期西王母和周穆王的唱和，从汉唐至清代，吟咏不绝。清代更是蔚为大观，西出阳关的诗人络绎于道。古代西域诗的资料主要保存在吴蔼宸选辑的《历代西域诗钞》、星汉辑注的《清代西域诗辑注》和星汉的《清代西域诗研究》中。民国间诗作资料的搜集相对薄弱，但胥惠民编著的《现代西域诗钞》，已开其端。新中国成立后的诗作，主要集中在以下几种公开出版的总集中：肖致义主编的《龟兹古今诗词选》，齐浩滨主编的《庭州古今诗词选》，赵国柱主编的《乌鲁木齐新咏》，孙钢主编的《当代西域诗词选》、《昆仑雅韵》，唐世政主编的《军垦颂》、《军垦魂》、《绿洲魂》、《天山多娇》，奎屯诗词学会编的《犁剑交响》和邓世广主编的《当代西域诗词选》（戊子版）。《中华诗词文库·新疆诗词卷》是连接往日诗作意脉，再一次征稿、搜集、编纂、汇集当代新疆诗词作品而成。其内容大都以新疆为主，作者与时俱进，以全新的思想，全新的感情，全新的语言，全新的意象，较为全面地反映出当代新疆的方方面面。

在编选过程中我们发现，虽然由民国进入新中国的一批诗人已经作古，但当今活跃在新疆诗坛上的，有一批功底深厚的中老年诗人，有一批思想敏锐的年轻诗人，还有一批优秀的少数民族诗人和女诗人。在一个时期集中了这样一个凝聚力很强的创作队伍，是历史上各个时期的西域诗人群体无法比拟的。

《中华诗词文库·新疆诗词卷》编辑工作得以完成，离不开中华诗词学会的大力支持，离不开全区诗词作者的积极参与，离不开编委会全体编委的共同努力。在征稿和编纂过程中，我会副会长凌朝祥和李汛两位先生出力尤多，于此一并说明。

星　汉

2011年春节大雪纷飞时于天山脚下